「他者」の起源

ノーベル賞作家のハーバード連続講演録

トニ・モリスン
Toni Morrison

a pilot of wisdom

目次

本文および訳者解説文中に挙げられた文学作品などの邦題は、訳者の翻訳によるものも含まれ、既に邦訳出版されているタイトルとは異なる場合があります。なお、引用文はすべて訳者の翻訳によるものです。

日本語版読者に向けて

森本あんり

人は、差別主義者に生まれるのではなく、差別主義者になるのである。――トニ・モリスンのこの言葉を読んで、ボーヴォワールの「第二の性」を思い起こす人は少なくないだろう。人は、女に生まれるのではなく、女になるのだ。これを、身体的・生物学的な性（セックス）から社会的・文化的な性（ジェンダー）への発展、と言い換えてもよいかもしれない。

だが、この類比には並行的でないところもある。女に生まれることと女になることとの間にはかなり強い繫《つな》がりがあるが、生まれたばかりの子どもには、差別主義者になるような身体的・生物学的な根拠はどこにもない。白人や黒人に生まれることと、人種差別主義者になることとの間には、実は何の関連性もないのである。

とすると、人はいったいどこでどうやって人種差別主義者になってゆくのだろうか。それを問うたのが本書である。モリスンは、その問いに「他者化」というプロセスを示して答える。人がもって生まれた「種」としての自然な共感は、成長の過程でどこかに線を引かれて分化を始める。その線の向こう側に集められたのが「他者」で、その他者を合わせ鏡にして見えてくるものが「自己」である。このプロセスは、本書で取り上げられた作品が物語るように、明白な教化的意図をもって進められることもあれば、誰の意図ともつかぬしかたで狡猾《こうかつ》に社会の制度や文化の秩序に組み込まれて進むこともある。

やっかいなことに、人がこのプロセスと無関係に社会生活を営むことは困難である。「他者化は怪《け》しからぬことだからみんなでやめようではないか」と論じたところで、実際に何かが成し遂げられるわけではない。ある時代のある文化に生まれ育つ者は、まずはその文化の規範をみずからのうちに取り込むことで成長する。つまり、われわれはみな、人としての自我をもつ存在となった時点で、すでにその文化がもつ特定の常識や価値観の産物となっている。だから人が他者化の問題を意識するときには、かならず自分の常識や価値観の問い返しとなり、それまで自分が学んできたことの「学び捨て」(unlearning)にならざるを得ないのである。モリスンの作品がしばしば読者の心に鋭い問いを突きつけるように感じられるのは、このためである。

　個人だけではない。他者化の力学は、国家や民族といった大きな集団にも同じように交錯して作用する。近現代の歴史はその典型例をいくつも示してきた。第二次世界大戦が終結すると、植民地であった地域から旧宗主国のプレゼンスが消え、次々に独立国家が誕生した。ところが、宗主国という共通の「他者」がいなくなると、今度は自分たちの内部に新たな「他者」が見えるようになる。インドでは、独立を求めて共に闘ってきたはずのヒンズー教徒とイスラム教徒がお互いを「他者」と認識するようになり、印パ戦争を経て一九四七年にはパキスタンが独立する。さらにそのパキスタン内部でも、言語や民族の違いから東西がお互いを「他者」と認識するようになり、一九七一年にはバングラデシュが独立する。

　一九九一年にソビエト連邦が崩壊したときにも、同じことが起こった。ソ連の崩壊は、連邦下に置かれていた各国の独立や、共産主義という理念全体の失墜をもたらしたばかりではない。東西冷戦というわかりやすい対立構造のなかで彼らを見ていた自由主義世界もまた、共通の「他者」を見失った結果、みずからの内部に新たな「他者」を見いだして立ち竦《すく》むようになる。西側諸国が誇ってきたリベラルな民主主義は、共産主義という外部の敵がなくなった途端に暴走を始め、ポピュリズムや不寛容な民族主義という内部からの脅威に侵蝕《しんしょく》されるようになった。今日われわれが世界の各地で目にしている民主主義の機能不全は、すでにこのときからゆっくりと進行してきた病態の表面化にすぎない。

だが、ここでも問題は単純ではない。こうした分断や暴走による不安定化は、たしかに歓迎されざる結果であるかもしれないが、かといってそれ以前の植民地時代や冷戦時代がよかったかと言えば、そういうわけでもないだろう。「以前はみんな仲良く暮らしていたのに」という台詞《せりふ》は、しばしばその背後に抑圧され封殺された多くの声があったことを覆い隠して語られる。モリスンの語り口に同期させて言えば、それは南部の善良で心やさしい白人たちが公民権運動前の時代を想《おも》い出して懐かしげに語るときの台詞に近い。

このように、本書が照らし出す「他者化」の概念は、通りいっぺんの批評を許さない多義性を帯びている。他者化とは、他者をその総体において、つまり自分の認識能力を凌駕《りょうが》する何らかの名付けがたい他者であるままにその存在を承認する、ということではない。われわれはしばしば、他者の一部を切り取って自分の理解に囲い込み、それに餌を与えて飼い続ける。やがてそのイメージは手に負えないほど肥大化し、われわれを圧倒して脅かすようになる。

それでも、人は知ることを求める。知って相手を支配したいと願うからである。それは、相手を処理されるべき受け身の対象物となし、かたや処理する側の自分を正統で普遍的な全能の動作主体として確立することである。この批判は、かつてエドワード・サイードが論じた「オリエンタリズム」批判にも重なってくる。西洋人が非西洋を解釈するときには、非西洋の本人も自覚していないらしいオリエント的な本質が特定され代弁される。まさにその表象行為によって、そういう認識をする西洋人こそが真の人間であり、対象である非西洋を管理し支配すべき正統性をもった存在であることが宣言され根拠づけられるのである。

それゆえ本書の主題となっているのは、単にアメリカ国内に限定された人種や差別のことではない。それは、西洋と東洋、白人と有色人、キリスト教と他宗教、権力をもつ者ともたざる者といった多くのパターンに繰り返しあらわれる人間に共通の認識様式である。この認識様式は、合理的な思考や明晰《めいせき》な意識にのぼらない領野で神話的な構想へと転化し、他のすべての神話がそうであるように、われわれの見方や考え方を背後から支配する力をもつ。

＊

このような隠然たる神話的支配を意識の明るみへともたらしてくれるのが本書である。物語の名手モリスンは、この普遍的な認識様式のからくりをごく小さな個人的で特異な出発点から展開してゆく。彼女によると、「黒人」はアメリカだけに存在する。彼らは「アフリカ系アメリカ人」とも呼ばれるが、アフリカに住むアフリカ人は、それぞれガーナ人でありナイジェリア人でありケニア人である。唯一の例外は南アフリカ共和国に住む人だが、こうした事実からしても、「黒人」が科学的な概念ではなく文化的な概念であり、人種という価値軸の中で序列化された概念であることが理解できるだろう。アメリカにおける黒人と白人は、お互いが自己を定位するために相手を必要とするという意味で、ほとんど心理学的な「共依存」の関係にある。

アメリカの奴隷制度にはキリスト教も少なからず加担しているが、これもアメリカ史に固有のことである。聖書には、古代世界の通念として、ある人びとは自由人で、ある人びとは奴隷である、という事実が前提されている。だが、それはもっぱら戦争捕虜か債務によるもので、肌の色とは無関係である。というより、キリスト教は肌の色に関して本来まったく無関心である。聖書には、エチオピア出身の人びとも登場するし、そのなかには伝説の美女や高位の官僚もいるが、彼らの肌がどのような色であったかについては、いっさい記述がない。中東人であったイエスや弟子たちの肌の色にも何ら言及がない。

ところが、アメリカのキリスト教は肌の色と人間の価値の間に、きわめて特異な緊張関係を構築していった。一八世紀以降の奴隷解放運動を担ったのは多くのキリスト教指導者たちであったが、彼らに反対する頑固な奴隷制擁護論者もまた教会の牧師たちであった。前者が頭を悩ませ、後者がしたり顔に論じたのは、聖書が「神の前での平等」を語るものの、社会的現実としての奴隷制そのものを断罪していない、という事実である。やがて一九世紀のアメリカでは、長い巻き毛で白人のイエスを強調した聖画が複製頒布され、広く流通していった。二〇世紀後半に始まった「解放の神学」が黒人のイエス像を前面に押し出すようになったのも、こうしたカラーコードへの反動である。

モリスンは、いくつかの特徴的な文学作品から、そしてさらに強烈な彼女自身の体験から、他者化の際に作用する「ロマンス化」の実例を描き出している。アメリカ史によく知られたハリエット・ビーチャー・ストウの小説『アンクル・トムの小屋』(一八五二)もその一つである。この小説が当時の白人想定読者層にどのようなメッセージとして受け取られたのか。そこに、奴隷制度の野蛮で残酷な現実を覆い隠し、あたかも非人間的なことは何も起こっていないかのような安心感を与えるロマンス化の作用がある。

しかし同時に、読者はこの読み直しが他ならぬモリスンの語りによって薄暗がりの中から明るみへと引き出されてきた、ということに気づかされるであろう。他者の存在は、自分が「他者の他者」であるという立場の交換により、はじめて鮮明に意識される。われわれは、自分という存在の限定性から自由になることはできない。だが、文学の虚構を通して擬似的に他者の視線をもつことができ、その他者の視線を通して自分を見つめ直すことができる。本書は、アメリカの黒人という特異点を設定することにより、それぞれの読者に自分では開くことのできない窓を開けるはたらきをしてくれる。その窓を通して、読者は自分を取り巻く現実とは違う世界に目を向けることができるようになるのである。
モリスンは本書末尾で、「自分たちの故郷にいながら故郷にいるとは言えない人びと」についても語っている。おそらくそれは、肌の色の如何《いかん》にかかわらず、アメリカ国内の各地で人びとが感じ始めていることだろう。ここにも、われわれの想像力を呼び覚ます別の声が響いている。トランプ大統領の登場は、自分の国で自分の土地に暮らしていながら、いつの間にか「よそ者」のように扱われていると感じる人びとがいかに多いかを明らかにした。グローバル化の見えざる圧力は、大都市で世界を股にかけて活躍する国際派のエリートたちよりも、小さな田舎町で穀物の値段を気にかけつつ生きるほかない人びとに重くのしかかるだろう。そのひとりひとりに、自分が本来帰属すべき場所があり、心に感じながら生きるべきディープ・ストーリーがあったはずである。

*

人は誰も、自分ひとりでは幸せになれない。どこかに属し、誰かと繋がっていなければ、自分の存在意義を確認することもできないのである。もしそういう居場所が現実世界で見つけられなければ、ネットという仮想空間にそれを求めることがあっても不思議ではない。他者化の力学は、そこにも作用することだろう。人はそこで、生暖かい温もりに包まれたり、凶暴な正義感に酔い痴《し》れたりして、日常と祝祭の間を行き来する。

他者の眼差《まなざ》しは、ときに人を不安にさせ、居心地を悪くする。日本人はこれまで、自分から海外へ出かけて行かない限り、こうした視線を向けることも向けられることも少なかった。しかし今や、日本を訪れる外国からの旅行者は爆発的に増え、外国人の労働力なしには日常生活すら回らないほどになっている。毎日の買い物で釣り銭を受け取るとき、あるいは地方の鄙《ひな》びた温泉にゆっくりと浸《つ》かる安らぎを破られたとき、われわれの他者認識と自己認識には、どのような他者化の作用がはたらくことだろうか。

ターネハシ・コーツによる序文

二〇一六年春、トニ・モリスンは、「帰属の文学」についてハーヴァード大学で連続講演を行った。これまでになされてきた数々の非凡な仕事を思い起こせば、モリスンが人種という課題に目を向けたのも驚くにあたらない。その講演はまさに時宜を得ていた。バラク・オバマ大統領は、二期目の最後の年を迎えていた。支持率は上向きだった。「ブラック・ライヴズ・マター（黒人の命も大事）」というスローガンを掲げた活動が盛んになり、黒人への「警察暴力」が全米的な話題として社会の前面に押し出されていた。これまでの「人種問題をちょっとかすめるだけの話題」とは違って、今回は結果を伴っており、効果も出ていた。オバマ政権時に、ふたりのアフリカン・アメリカン、司法長官エリック・ホルダー（在任二〇〇九－一五）とロレッタ・リンチ（在任二〇一五－一七）は、全米の警察署の調査を開始させた。ファーガソン、シカゴ、ボルティモアでの騒乱が報告され、これまで長い間、瑣末《さまつ》な出来事として処理されていた、いわば組織的人種主義が現実のものであることを明らかにした。この積極的な問題解明の姿勢は、アメリカ合衆国の最初の女性大統領になるはずだった、ヒラリー・クリントンによって継続されていくものと期待されていた。じっさいトニ・モリスンが連続講演を始めたときには、政治家としてはライト級と見なされる、つまらぬ男に比べて、ヒラリーの好感度はきわめて高かった。これらのことはすべて、さまざまな歴史的規則に果敢に挑戦している国が、今、道徳の領域において長く伸びるアーチの、正義の先端へついに近づいているという動かしがたい証拠だった。

ところが、アーチの先端はさらに先へと伸びて行き遠ざかってしまった。

ドナルド・トランプが勝利すると、それに対する最初の反応は、アメリカの人種主義などたいしたことではないと矮小化《わいしょうか》することだった。零細企業の人びとが立ち上がり、二〇一六年の大統領選挙は、ニューエコノミーに見捨てられた人びとが推進する、反ウォール・ストリートのポピュリスト的反乱であると決めつけたのだった。クリントンは、「アイデンティティ政治」にこだわりすぎたために命運がつきてしまった、と批判された。こういった議論は、しばしばかれら自身の破滅の種を育むことになる。ニューエコノミーに見捨てられやすい人びと――黒人やヒスパニックの労働者――がなぜトランプ陣営に入らなかったのか、その理由はまだ説明されていない。そのうえ、クリントンの「アイデンティティ政治」を批判する、まさにその人びとのなかに、「アイデンティティ政治」を利用するのにやぶさかではない者がいた。バーニー・サンダーズ上院議員は、クリントンの対立候補の筆頭だったが、あるときは自分のルーツが白人労働者階級にあると誇らしげに語り、またすぐその翌週には「アイデンティティ政治」を「乗り越えよう」と、民主党員に発破を掛けた。「アイデンティティ政治」とは、どうも等しく同じことを意味しておらず、かならずしも「生まれながらにして平等」を意味するのではないようである。

『「他者」の起源』（二〇一七。*The Origin of Others*）――モリスンの新しい本は、ハーヴァード大学で行われた連続講演から生まれたが――ドナルド・トランプの台頭の背景とじかに関連しているのではない。だがモリスンの「帰属」の思考や、社会の保護下にだれが置かれ、だれが外されているのか、などを読み解くために、わたしたちは今日の状況を考慮しなければならないだろう。『「他者」の起源』は、アメリカの歴史を精査し、アメリカ史上最古の、しかももっとも影響力のある「アイデンティティ政治」について語っている——すなわち人種主義という「アイデンティティ政治」である。本書は、「よそ者（外国人）」の創出、「壁」の建設、文学理論・歴史・回想録について書かれているのだが、すべてはいかにして、いかなる理由によって、わたしたちはこれらの種々の「壁」を肌の色と結びつけてしまったのか、それを理解するためである。

本書は、二〇世紀の、消しがたい白人至上主義の本質に巧みに迫った一群の研究書と軌を一にしている。モリスンが同志と見なすのは、スヴェン・ベッカート[*1]やエドワード・バプティスト[*2]などで、かれらは白人至上主義の暴力的な性質や、そこから生み出される資本主義的利益の実態を暴露した。ジェイムズ・マクファーソン[*3]やエリック・フォーナー[*4]は、人種主義が南北戦争勃発の契機を育み、その後、いかに再建の国家的努力をむしばんだかを明らかにした。ベリル・サッター[*5]やアイラ・カッツネルスン[*6]は、人種主義がニューディール政策を腐敗させたことを解明する。カリル・ギブラン・ムハマド[*7]やブルース・ウエスターン[*8]は、人種主義がわたしたちの時代において大量投獄への道を開いたことを明らかにした。

その中でもモリスンの仕事にもっとも近いのは、『レイスクラフト（人種狩り）』（二〇一二）だろう。この本はバーバラ・フィールズ[*9]とキャレン・フィールズ[*10]の共著で、アメリカ人は、能動的に作用する「人種主義（レイシズム）」の罪を、本来そのような作用を起こさないはずの「人種（レイス）」という言葉にすり替え、消し去ろうとしてきたという。一般にわたしたちが「人種主義」に対して「人種」と言うとき、「人種」とは自然界の特質を指し、「人種主義」はその当然の結果であると認識している。だがそれはまったく逆である。すなわち「人種主義」が「人種」という概念より先にあり、「人種」を証明しようと研究を積み重ねているのである。それにもかかわらず、アメリカ人は、いまだに論点を正確に把握していない。そのためわたしたちは、「人種差別」「人種的溝」「人種の分離」「人種的プロファイリング」「人種的多様性」といった言葉を平気で口にする――あたかもこれらの考えが、わたしたちが作り出したものではなく、別のところに根拠があるかのように。このことが及ぼす影響は些細《ささい》なものとはとても言えない。「人種」が遺伝子とか神々、あるいは両者による作用の結果というなら、この問題を根本から打ち壊してこなかったとしてもしかたがない。

モリスンの問いは、「人種」と遺伝子の接点はわずかしかない、といういささか説得力に欠ける考えから始まっている。そこからモリスンは、何の根拠もないと思われる浅はかな考えが、なぜ何百万人もの心をつかんでしまったのか、わたしたちにヒントを与えてくれる。非人間的行為を通して、自分の人間性（ヒューマニティ）を確認したいという欲求が鍵だ、とモリスンは論じている。そこでジャマイカの大農園主トマス・シスルウッド（一七二一―八六）の記述を取り上げる。シスルウッドは、まるで羊毛刈りを記録する気やすさで、奴隷女たちを相手にした連続レイプの記録を日記に残している。性行動の合間に、農業・雑務・客の訪問・病気などについて記している、とモリスンはぞっとしながら述べている。レイプに対してこんなにも無感覚になれるとは、シスルウッドの心の中でいったいどのような心理作用が起きていたのか。「他者化」の心理作用――奴隷主と奴隷との間には、自然で、ある種の神性を帯びた線引きが存在するのだと、自分自身を納得させること。さらにモリスンは奴隷のメアリ・プリンスが女主人からひどく叩《たた》かれたことを分析して、以下のように述べている。

奴隷が「異なる種」であることは、奴隷所有者が自分は正常だと確認するためにどうしても必要だった。人間に属する者と絶対的に「非・人間」である者とを区別せねばならぬ、という緊急の要請があまりにも強く、そのため権利を剝奪された者にではなく、かれらを創り出した者へ注意は向けられ、そこに光が当てられる。たとえ奴隷たちが大げさに語っていると仮定しても、奴隷所有者の感覚は奇怪きわまりない。まるで、「俺はけだものじゃないぞ！　俺はけだものじゃないぞ！　無力なやつらをいじめるのは、俺さまが弱くないってことを証明するためさ」と吠《ほ》えているようだ。「よそ者」に共感するのが危険なのは、それによって自分自身が「よそ者」になりうるからである。自分の「人種化」した位置を失うことは、神聖で価値ある差異を失うことを意味する。

モリスンは、奴隷を創り出す者と創り出された奴隷とについて語っているのだが、その社会的位置に関する指摘は今日でも正しいだろう。とくに過去数年間ずっと、アメリカの警官が黒人を比較的軽い条例違反で、あるいはまったく違反していないというのに、殴ったり、テーザー銃（スタンガン）を発射したり、首を絞めたり、銃殺している映像が次々と流されてきた。そのためアフリカン・アメリカンのみならず、多くのアメリカ人が恐怖に陥っている。にもかかわらず、このような行為を正当化する言説がはびこっている。警官のダーレン・ウイルソンがマイケル・ブラウン（一九九六―二〇一四）を射殺したとき（二〇一四）、「銃弾の雨あられの中を大きな塊が走り抜けた」ようだったと報道記者に語っている。まるでブラウンが人間とはかけ離れた大きな生き物に見えたようだが、じっさい人間以下と見なしているのだ。遺体を真夏の焼けつくアスファルトの路上に放置したことがその証拠で、人間以下の扱いが強く印象づけられた。ブラウンを怪物のように描いて殺人を正当化したウイルソンは、――司法省の報告によれば――まさにギャングと大差ないような警察官たちの職権濫用もまた許し、自分たちは非の打ち所のない人間だと主張させているのである。

人種差別主義者の対象を非人間化する行為は、象徴の領域の話ではない――現実上の権力の領域に及んでいる。歴史学者のネル・ペインター[*11]は、「人種とは考えかたであり事実ではない」と主張している。アメリカにおける人種に関する考えかたのもとでは、肌の色が白い場合は、マイケル・ブラウンやウォルター・スコット（一九六五―二〇一五）、エリック・ガーナー(一九七〇―二〇一四)のように警察暴力による死を遂げる確率の低いことは明白である。しかもこのような死は、「他者」として生きるということの意味、偉大な「帰属」の枠外にいることの意味を示す最適の例である。いわゆる「経済不安」がドナルド・トランプ陣営へ投票者を引き寄せたと言われるが、かれらは大多数の黒人から見れば、明らかにより豊かな人々であった。共和党の予備選挙で、トランプに票を入れた者の世帯収入の平均値は、アメリカの平均的黒人世帯収入の約二倍だった。現在、多くは白人の(とはいえ全員ではない)間に見られる、合成麻薬の流行への危機感は、一九八〇年代のコカイン危機に見られた非難の嵐とは違っている。特定の白人男性の死亡率には敏感に反応する今日の関心のありかたは、この国でこれまでずっと黒人の生命を脅かしてきた、黒人の高い死亡率の原因からは目を背ける、あの冷淡さと様相を異にしている。

人種主義は問題である(レイシズム・マターーズ)。この国で他者でいることには重大な結果が伴う。――悲しいことにこれからその先も解決策は見つからず、問題でありつづけるだろう。人間社会は、素朴な利他主義のために、これまで持っていた特権を簡単にあきらめたりはしない。かくして白さを信奉する者がその信仰を捨てる社会は、これまでの特権が入手困難なぜいたく品になった社会しかない。アメリカの歴史上、そのような瞬間を何度も見てきた。長引いた南北戦争の結果、黒人もそれなりの人生をまっとうするにふさわしいと、白人は結論づけるにいたった。ソ連との冷戦は、黒人差別法であるいわゆる「ジム・クロウ法」が支配する南部を世界中の物笑いの種にし、敵側諸国に格好の宣伝工作の材料を与えてしまった。ジョージ・W・ブッシュ政権では、二度にわたる泥沼戦争、[*12]経済の急降下、ハリケーン・カトリーナ[*13]における連邦政府の組織的初動ミスが、アメリカ初の黒人大統領誕生の道を拓《ひら》いた。このような出来事が起きるたびに、アメリカは歴史上の慣例を打ち破ったぞ、というひとかけらの希望が湧いたものだ。ところがそのたびに、希望は最終的には泡となって消えてしまう。

わたしたちが、なぜふたたびこのような状態にいるのかを理解するために、アメリカが生んだ最高の作家・思想家であるトニ・モリスンがいることは、なんと幸運であるか。モリスンの仕事は歴史にその根があり、ひどくグロテスクな歴史的事象からも美しさを引き出してくる。その美は幻想ではない。歴史がわたしたちを支配していると考える人びとのひとりに、モリスンが数えられているのも驚くにあたらない。『「他者」の起源』は、この理解を詳細に説いている。過去の呪縛からただちに解放される道が提示されなくとも、その呪縛がどうして起きたのかを把握するための、ありがたい手引きになっている。

＊ターネハシ・コーツは一九七五年ボルティモア生まれ。作家・ジャーナリスト・漫画家。アトランティック、ヴィレッジ・ヴォイス、ニューヨーカーなどに寄稿。二〇一五年、『世界と僕のあいだに（*Between the World and Me*）』で全米図書賞受賞。アフリカン・アメリカンについて、また白人優先主義に関する記事でよく知られる。二〇一五年、「天才」に与えられるマッカーサー財団の助成金を授与される。父親は、ヴェトナム帰還兵で、小さな出版社を営む。

第一章　奴隷制度の「ロマンス化」

姉とわたしは床に座り込んで、ふたりで遊んでいたのだから、あの人がやって来ると聞いたのは、一九三二年か三三年だったのだろう。わたしたちの曽祖母ミリセント・マクティアのことだ。曽祖母は、このあたりに住む親類の家一軒一軒を訪ねる予定で、このときの訪問は後にもよく話題にのぼった。曽祖母はミシガンに住んでいて、腕利きの助産師だった。オハイオ訪問は、みんなが待ち望んでいたことだった。というのもわたしたちの曽祖母は賢い人で、疑いもなく一族郎党の立派な要《かなめ》と見なされていたからだ。部屋に入って来たとたん、これまでに経験したことがないことが起き、曽祖母の威厳は本物だとわかった――だれも何も言わないのに、男たちがみなすぐに立ち上がったのだ。

親類をひととおり訪ね終わったあと、曽祖母はとうとうわが家の居間へ入って来た。背が高く背筋はぴんと伸び、必要とは思えなかったが、杖《つえ》に寄りかかりながら、わたしの母親に挨拶した。それから、遊んでいたのか、または床に座っていただけの姉とわたしを見て顔を曇らせると、杖でわたしたちを指しながら、こう言った。「この子たち、異物が混入しているね」。母親は猛烈に抗議したが、時すでに遅し、破壊行為はなされてしまった。曽祖母は漆黒の肌の持ち主で、母親には曽祖母の言葉の意味がはっきりわかっていた。母親の子どものわたしたちの血は汚れていて、純血ではないと。

こんなに小さいときに（あるいは、まだ物心もつかないうちに）、より劣等な要素があることを知った——当時は、「他者」という言葉はわたしの中でまだ刻印されていなかったが、それはわたしが飛びぬけて傲慢で、自分自身への強い執着心でいっぱいだったからだろう。「異物が混入」という表現は最初、エキゾチックな響き——望ましいものに感じられた。だが母親が自分の祖母に強く反論したとき、「異物が混入」とは、まったくの「他者」ではないにしろ、より劣るものを意味しているのだと知った。

「他者性」を示す文化的、人種的、身体的差異の描写をしながら、価値や等級に影響されずにいるのは難しい。人種についての文章や文学的記述は、大部分とは言わないまでも多くが、微妙なニュアンスの表現から擬似科学的に「証明された」とする表現まで多岐にわたっている。そのどれもが自己の優勢を維持するために正当性がある、あるいは正確である、と主張する根拠を持っている。わたしたちは自然界で生存するすべを知っている。巣を守るために敵の注意を逸《そ》らし、犠牲を払う。群れをなして捕食し、また敵を生きたまま捕獲する。

だが高等動物である人間の場合、われわれの種族に属さぬものを選別し、かれらを敵、弱者、統御される必要がある不完全者と見なす傾向には、動物界や先史時代の人間に限らず、長い歴史がある。人種は、富・階級・ジェンダーと同様、常に差異の決定項である——どれもが権力と統御の必要性にかかわるものだ。

政治学でなくとも、科学がとらえる「他者」の統御の必要性に関しては、南部の医者で奴隷所有者のサミュエル・カートライト（一七九三―一八六三）の優生学を読めばいい。

カートライトは、「ニグロ人種の病気と身体的特異性に関する報告」（一八五一）で、次のように述べている。「生理学の不変の法則によれば、これはほんの少数の例外を除いて一般的法則と見なしうることだが、ニグロの知能が呼び覚まされ、精神文化をある程度受け入れ、宗教あるいは教育の恩恵をこうむることができるのは、白人の権威によって強制された場合だけである。(略) かれらは生まれながらにして怠惰で、強制的に鼓舞されなければ、一生をぼんやり過ごし、体を動かさないために空気を吸い込む肺臓は、半分しか機能しない。(略) 脳へ送られる黒い血は、その心を無知・迷信・野蛮主義へ結びつけ、文明・精神修養・宗教真理の扉に鍵を掛けてしまう」。カートライト博士は、ここで二つの病名を挙げている。その一つを「放浪癖、あるいは奴隷の逃亡促進病」と命名した。もう一つは「エチオピア無感覚症」で、「ニグロ」がいつも「うつらうつら状態」(奴隷所有者はそれをたいてい〈極悪非道〉と同一視する) にあるという、一種の精神的嗜眠症《しみんしょう》の状態である。かれら奴隷がそれほど脅威で重荷になっているのなら、あれほど熱心に奴隷売買が行われたのはなぜなのか。そこでようやくわたしたちは白人たちにとっての利益を理解するのである。「ニグロたちに大いに有益な (強制的) 運動が農耕に向けられる (略) 綿花・砂糖・米・タバコは、ニグロの労働なしに耕作されることはなく (略) その生産物が世界に知られることもなかった。両者がそれぞれ利益を得るのだ――ニグロもその主人も」。

これらの見解は世間の気楽な噂《うわさばなし》話などではない。「ニューオーリンズ内科外科ジャーナル」に発表されている。黒人は有益ではあるが、畜牛ではないにしても、だからといって人間とも断言できない、というのがその論点である。

黒人を厳しくこき下ろすこのような論調は、じっさい社会に存在する、あらゆる集団——権力のあるなしにかかわらず——が同じように取り入れてきたと言えよう。そうやって「一つの他者」を作り上げ、みずからの信念を主張する。

科学的人種主義の目的の一つは、「よそ者」を定義することによって自分自身を定義すること。さらに、「他者化されたもの」として分類された差異に対して、何ら不面目を感じることもなく、自己の差異を維持（享受さえ）することである。文学は、自己定義についての考えを深め、明示するのであり、その把握の手段を糾弾していようが、支持していようが、啓示的であることはきわめて明らかである。

いかにしてわたしたちは人種差別主義者や性差別主義者になるのか？ 生まれながらの人種差別主義者はいない。胎児のときから性差別主義的傾向があるわけでもない。講義や教育ではなく、前例によってわたしたちは「他者化」を学ぶのである。

奴隷を売る側、買う側の両者にとって、奴隷制度は利益を生むが、それが非人間的状況であることは、普遍的に明らかな事実だろう。売る側は、自分は絶対に奴隷にはなりたくない。いっぽう買われた者は奴隷になるのを拒み、命を絶つことさえたびたびあった。それではどうやって奴隷制度が成立していたのか？　諸国家が奴隷制度の腐敗をうまく処理したのは、非情な権力の行使によって、あるいは、奴隷制度の「ロマンス化」によってである。

一七五〇年、英国の上流階級の青年が――次男で、長子相続のもと相続権がなかったのだろう――ひと旗あげようと故国を離れてジャマイカへ行き、まずは畑監督として働き、やがて奴隷を所有する砂糖プランテーションの農園主になった。その人はトマス・シスルウッドといい、ダグラス・ホール[*1]がその生涯・功績・考えを綿密に調べて記録した。それはウォリック大学カリブ研究シリーズの学術研究書の一環としてマクミラン社から出版され、のちに西インド諸島大学出版会から復刻出版された。また別の版が、シスルウッドの抄録にダグラス・ホールの解説を付けて、『みじめな奴隷制度のもとで』というタイトルで、一九八七年に刊行されている（訳者注：一九八九年。モリスンの記憶違いか）。サミュエル・ピープス[*2]のようにシスルウッドは詳細きわまる日記をつけていた――反省あるいは識見の欠落している事実のみの日記。出来事・出会い・天気・商取り引き・価格・損失など、すべてシスルウッドが興味を持った事柄、あるいは記録する必要があると認めたもののみが記されている。この記録を出版しようという計画があったわけでもなく、記録した情報を他人と共有する意図もなかった。その日記を読むと、同郷の多くの人びとと同様、ただ現状をそのまま受け入れていることがわかる。奴隷制度の道義、あるいは制度の中の自分の立場について疑問を抱いてもいない。あるがままの世界にただ身をおいて、それを記録している。シスルウッドが決して例外だったのではない。この道義的判断からの乖離《かいり》こそが、奴隷制度受容の解明に光を当てるに違いない。余すところのない詳細な記録の中で、プランテーションでの性生活が微細に記されている（若者らしい、本来ののんきな英国式手柄話と大差ない）。

シスルウッドは、相手と会った時間、満足度、行為の頻度、とくに行為のなされた場所について記録している。明らかな快楽という点以外では、その扱いやすさについて。女を誘惑する必要もなければ、言葉を交わす必要もない――それはサトウキビの価格や、首尾よくいった穀粉の取り引きの記述に混じって書き留められている。商売の記録とは違って、性生活の記録にはラテン語が使われている。「スプ・レクト（ベッドの上で）」「スプ・テール（地面の上で）」「イン・スィルヴァ（森の中で）」「イン・マグ、パルヴ・ドム（大きな部屋、小さな部屋で）」など。満足しなかったときには、「セド・ノン・ベーネ」。今日であればこの行為はレイプと呼ばれるだろうが、当時は、「主人の権利」と呼ばれた。性的活動の記録に挟まれ、農業・雑務・訪問客・病気などの記録がある。

一七五一年九月一〇日の記述の一部は以下の通りである。「午前一〇時半ごろ。フローラとクム（一緒に）。コンゴ人、サトウキビ畑のスーパー・テラム（地面の上で）。川の右岸の塀の先、ニグロ埋葬地の方角。女はクレソンを摘みにきた。四ビッツ（当時のジャマイカ硬貨）をやる」。その翌日、朝早くに記している。「午前二時ごろニグロの娘とクム（一緒に）。床のスーパー（上で）。東の客間にあるベッドの北側の脚もとで。〈知られずに〉」。一七六〇年六月二日の記述の一部。「仕事を片付けた。木の輪を投げ入れ。池の泥を掻《か》く、など。午後L・ミンバーとクム（一緒に）。スプ・メ・レクト（わたしのベッドの上で）」。

やりかたは異なろうが、奴隷制度を「ロマンス化」する文学的試みであることは十分に明らかだろう。人間的な側面を描き出し、あたかもそれを大切にする振りすら記して、奴隷制度を受け入れやすいもの、好ましいものに見せかけている。やさしいから、あるいは強奪的だから、どちらにしろ、究極的には統御する必要はないのだろう。ほらね？　とハリエット・ビーチャー・ストウ[*3]なら自分の（白人の）読者に向かって言うだろう。さあ落ち着いて、と。奴隷たちはみずからを統御するのだから。怖がらないで。ストウ夫人がほのめかしているのは、奴隷の自然な本能は親切であるということ——その本能が混乱するのは、サイモン・レグリー[*4]（北部生まれの北部人であるのは象徴的）のように邪悪な白人が、奴隷を脅し虐待するときだけなのだと。白人が持っているだろう黒人に対する恐怖と侮蔑の感覚、野蛮な振る舞いを促すその感覚は、かならずしも根拠がない、とストウ夫人は暗示する。そうそう、大方のところ。それでも『アンクル・トムの小屋』には文学的保護機能とでもいうのか、ストウ自身の恐怖の印が認められる。それともストウは、読者の懸念に敏感すぎるのだろうか。たとえば、一九世紀の社会で「ブラック・スペース（黒人の領域）」にいかにして安全に入り込めるのか。ただ扉を叩《たた》いて入る？　丸腰だったらそもそも入るだろうか？　はてさて、アンクル・トムとその妻クローおばさんを訪ねる主人の息子マスター・ジョージのように無邪気な若者であっても、安全でかならずや歓迎されるという、やさしい印がはっきりと、前もって必要なのだ。トムの住まいは粗末な狭い小屋で、ご主人の館のすぐ隣に位置している。それほど近いのに、白人の若者が入り込んでいくには、絶対に安全だという確かな印が必要だとストウは考えている。そのため、これでもかと言わんばかりに、小屋の入り口を魅力的にしつこく描写している。

（小屋の）前にはきちんと手入れが行き届いた菜園があり、毎夏、イチゴ、ラズベリー、種々の果実や野菜がみごとに育っていた。小屋の正面はどこも（略）大きな真紅のノウゼンカズラや自生のノイバラで覆われていた。絡みあい交じり合って、小屋の丸太の粗い表面がほとんど見えないほどだった。夏になるとここにはマリゴールド、ペチュニア、オシロイバナなど、さまざまな種類の色とりどりの一年草が、格好の場所を見つけて存分に茎や葉を伸ばしていた。（略）

ストウが骨を折って描き出す自然美は、よく手入れされ、みんなを惹《ひ》きつけ、心おどるような豊かさに満ちている。

クローおばさんが料理をしながら采配を振っている丸太小屋の中へ入ると、ちょっとした世間話やお世辞が行き交い、その後、だれもかれもが椅子に座って食事を始める。例外はふたりの子どもモウズとピート。ふたりはテーブルの下にいて、床の上で食べている。食べものが投げ込まれると、這《は》いつくばってすばやくつかみ取る。

（マスター）ジョージとトムは、ストーヴのある隅へ行き、座り心地のよい椅子に腰掛ける。クローおばさんはホットケーキをたくさん焼いてから、赤ん坊を膝にのせ、その子と自分の口を交互に満たしながら、モウズとピートにも分け与える。ふたりの男の子は、テーブルの下で転げまわり、くすぐりあい、ときには赤ん坊の足を引っ張ったりしながら食べるのが好きなようだ。

「まったく！　おやめよ」と母親は、あまり騒がしくなると、ときおりテーブルの下を乱暴に蹴った。「白人がお前たちに会いに来てるってのに、まともになれないのかい？　ふざけるんじゃないよ。わかった？　ちょっかい出すのはおやめ。さもないとマスター・ジョージが帰ったら、あんたたち、こっぴどく折檻《せっかん》するよ！」

わたしにすればこれは驚くべき場面である。若主人はおなかがいっぱいになったと言う。

そしてあなた、奴隷である母親のあなたは幼子を腕に抱えながら、食べものを口に入れてやり、自分も食べる。「夫」も食事をしているが、あなたはふたりの子どもたちのために食べものを土むき出しの床に投げてやり、子どもたちは這いずりまわって奪い合っている。いったいこれは何？　ただ読者を喜ばすための奇妙な場面としか思えない。この情景は、何もかも安全だよ、滑稽ですらあるのだよ、そのうえ心やさしく寛大、しかも従属的なのだよと、読者を再度安心させようとしているのだ。この文章は、恐怖を抱く白人読者を落ち着かせようと、白人と黒人の間に注意深く境界線を引いている。

ハリエット・ビーチャー・ストウが『アンクル・トムの小屋』を書いたのは、トムやクローおばさんやその他の黒人に読ませるためではない。当時のストウの読者は白人で、このような「ロマンス（小説）」を望んでおり、また味わうことができたのだ。

シスルウッドにとってレイプは、「主人の権利というロマンス（作り話）」を所有することだった。ストウの奴隷制度は、性的観点からも「ロマンス化」の観点からも、清潔に消毒され、香水まで振りかけられている。『アンクル・トムの小屋』でのリトル・エヴァとトプシーの関係は――手に負えない愚かな黒人娘トプシーは、愛らしい白人娘リトル・エヴァによって救済され文明化される――度しがたくセンチメンタルで、奴隷制度の「ロマンス化」を示すもう一つの好例である。

わたしは深いところで曽祖母のおかげだと感じている。曽祖母にはわたしたちを助けようとする意図などさらさらなかったが――わたしたちの欠陥を直す方法を持ち合わせていなかった――にもかかわらず、わたしの多くの執筆活動に強い影響を及ぼす問題意識を呼び起こしてくれた。『青い眼がほしい』（一九七〇）は、人種的自己嫌悪の害を探究した最初の作品である。のちにわたしは反対の考え、人種的優越感を『パラダイス』（一九九七）で検討した。『神よ、あの子を守りたまえ』（二〇一五）では、ふたたび自分たちが他より勝《まさ》るとする勝利主義や「カラー主義」が育む欺瞞《ぎまん》に焦点を当てている。その欠点、傲慢さ、究極的に自己破壊を招くことについて書いてきた。今、現在（取り掛かっている小説）では、人種差別主義者の教育について興奮しつつ探っている――いかにして人間は、非人種的な子宮から人種主義を育む子宮へ移動するのか。愛される側にしろ嫌われる側にしろ、いかにして人種的屈折のある存在になるのか？　人種とは（発生学的想像力のほか）いったい何なのか？　なぜ問題なのか？　そのパラメーター（助変数）がわかり、定義されたら（可能であればだが）、いったいどのような行動様式が要求され、あるいは奨励されるのか？　人種は種の分類の一つで、わたしたちは人間という種なのだ。それだけのこと。それなのに、この「別のこと」とはいったい何か――敵愾心《てきがいしん》・社会的人種主義・「他者化」とは何か？「他者化」によって生まれる心地よさの正体、その魅惑、権力（社会的・心理的、あるいは経済的）とは何なのか？　帰属するという、ぞくっとする喜びか――自分ひとりではない大きなものの一部になることにより、自分が強くなったと感じるのか？　わたしの当初の見解では、「よそ者にされた自己」（群衆を求めるのは常に孤独な人間である）を定義するために、「よそ者」「他者」が社会的・心理的に必要になる、という考えかたに傾いていた。

最後に、ジョリー・A・シェファー著[*5]『人種（レイス）のロマンス――合衆国における近親相姦《そうかん》・異人種間混交・多文化主義　一八八〇－一九三〇』（二〇一三）から引用しておこう。この本は、南欧と東欧から合衆国へ、大量の移民が押し寄せてきた時期に、「帰属」、すなわち移民からなる一貫した国家を創造する手段が発生した、とみごとな解釈を提示している研究書である。

一八九〇年から一九二〇年の間に、二三〇〇万人もの移民が、主に東欧・南欧から合衆国へやって来たが、かれらは圧倒的にユダヤ人、カトリック教徒、ロシア正教徒たちで、人口の過半数を占めていたWASP（ホワイト、アングロ・サクソン、プロテスタント）を挑発した。世紀転換期の言いまわしでは「異国の血の注入」と言われ、アメリカ人のアイデンティティを一変させたが、（略）根本的に白人のヘゲモニー（主導権）を打ち壊そうと挑戦することはなかった。むしろヨーロッパの諸民族が、少なくとも名目上、じきに「白人」の過半数の一部に溶け込んでいったのである。

この問題に関する研究は幅広く、奥が深い。合衆国へ移民してきたかれらは、「真の」アメリカ人になりたければ、故国との絆《きずな》を断つか、少なくとも結びつきをごく弱いものにして、自分たちの「白さ」を保たねばならぬと十分に承知していた。「アメリカンネス（アメリカ性）」の定義は、多くの人びとにとって、（悲しいかな）いつでも「カラー（肌の色）」のことである。

第二章　「よそ者」であること、「よそ者」になること

「ひとりの他者」を創造し、それを維持するにあたって大きな利益が生じるときに、一、その利益の正体を定義すること、二、その利益を拒絶した場合の社会的・政治的結果を明らかにすることが重要である。

フラナリー・オコナー[*1]は、「よそ者」「追放者」「他者」について、自分の理解するところを、正直に、深い洞察力をもって示している。評論家たちはしばしばオコナーの作品を評して喜劇と呼ぶが、その喜劇の根底には、よそ者やその利益の構築に関して鋭く正鵠《せいこく》を射た読みがある。「よそ者」や永遠の「他者」にならずに、むしろそこから逃れるための慎重な教えを描いた代表作は、短編「造りもののニガー」（一九五五）である。この短編は、白人が人間性（ヒューマニティ）を定義するときに、黒人を是が非でも必要とするのはなぜなのかを注意深く物語っている。これから見ていくが、その過程で頻繁に「ニガー」という呼称が使われ、とくに必要がないと思われるときでさえ出て来る。たいていの場合、白人の少年に対する教育の一環として。このように度を越えて執拗《しつよう》に繰り返されるのは、少年の祖父（訳者注：モリスンは叔父としているが誤り）ミスター・ヘッドの自己愛にとって、黒人の存在がいかに重要であるかを示している。
　オコナーは、物語の始まりにフェイントを掛け、故意に読者の誤解を誘う描写をする。ミスター・ヘッドが登場する場面の描写では、まるで王侯貴族の象徴を思い起こさせる言葉を連ねている。

　ミスター・ヘッドが目を覚ますと、月の光が部屋いっぱいにあふれていた。身を起こして床を見つめる――銀色だった――それから二色模様の枕を見つめる。紋織りだったろうか。すると五フィート先の髭剃《ひげそ》り用の鏡に月が半分映り、入室許可を待つ風情でその場にとどまっているのが目に入った。月は前のほうへ回転しながら移動して、あらゆるものに威厳ある光を投げかけていた。壁ぎわにある垂直の背もたれの椅子は、細心の注意を払い、緊張して固くなりながら命令を待っているようだった。椅子の背に掛けられたミスター・ヘッドのズボンには、高貴な雰囲気さえ漂い、身分の高い人物が、下僕に投げつけたばかりの衣類のようだった。（略）

一五〇語ほど読み進めると読者は、その夢のような描写とは反対に、ミスター・ヘッドは田舎の貧乏人で、その老齢や悲しみを知ることになる。現在の人生の目的も知る――それは孫のネルソンに、「他者化」の過程で「よそ者」の見分けかたを伝授すること。ふたりがアトランタ行きの汽車に乗ると、見た目でただちに裕福だとわかる黒人の男が、すぐ横を通りすぎる。そのとき人種差別主義者の教育をほどこそうという意欲が鋭く頭をもたげる。

「あれは何だと思う？」と（ミスター・ヘッドは）尋ねる。

「男だ」と少年は答え、自分の知能を見くびられるのはうんざりだと言わんばかりに、憤慨して祖父を見る。

「どういう種類の男だ？」ミスター・ヘッドは無表情のまま畳み掛ける。

「太った男」ネルソンは答えた。（略）

「どういう種類か知らないのか?」ミスター・ヘッドはこれで終わりという口調だった。

「老人だ」と少年。（略）

「あいつはニガーだ」そう言うとミスター・ヘッドは深く座り直した。（略）

「あの人たちはブラック（黒）なんだって言ってたよね。（略）黄褐色とは絶対に言わなかったね。（略）」

「よそ者」をこのように確認する過程では、ある答えが期待される——「よそ者」への誇張された恐怖。

のちにアトランタの町なかで迷子になり、黒人居住区へ迷い込んだふたりは、当然のことながら不安にかられる。「黒い顔の中の黒い目が、あらゆる方角からふたりを見つめていた」。絶望的になったふたりは、ポーチに立つ裸足《はだし》の黒人女の前で立ち止まる。するとそのときネルソンは、奇妙な感覚に襲われる。「この女がこちらへ来て自分を抱き上げ、抱きしめてくれないだろうか、そのうえ、ぎゅっと抱きしめられながら、（略）自分の顔に女の息がかかるのを感じたい、と突然思った。こんな気持ちは初めてだった」。女は親切だったが、ぶっきらぼうに方角を示した。ふたりに脅威を抱かせなかったこの女との出会いの結果がじきにわかる。ミスター・ヘッドとネルソンの間の相克・祖父による孫の放棄・ネルソンと自分は関係ないと知らんふりする裏切り。ふたりの間に自分たちは人種的に優位であるという接着剤がないと、おそらく許しも仲直りの可能性もない。「白人居住区」に入ったとき、そこで帰属していない恐怖、「よそ者」になる恐怖が、かれらふたりの心の平衡を打ち壊す。あらゆる階級の白人が共有している、とふたりが信じていた人種主義が視覚化して初めて、かれらはこの恐怖から脱して平静になる――それは造りもののニガーだった。この造りものの黒人像の前に立つと、ふたりは「まるで深い神秘に直面したように感じた。だれか別の人の勝利を顕彰する碑が、お互いの敗北の中でふたりを結びつける深い神秘。ふたり共にこの像が、まるで神の恵みを受けるように、お互いの不和を溶かしていくのを感じていた」。

少年の教育は完結した。少年は人種主義を首尾よく巧みに教え込まれ、自分自身の尊厳と地位を勝ち取ったと考える。しかも「一つの他者」を生み出す過程で、幻想の権力を獲得したと思うのである。

「よそ者」に関する二〇世紀のこの認識は、この作品より前の、「よそ者」自身によって書かれたり、記録された自己認識の詳細なナラティヴ（物語り）と並列されねばならない。まず「人種」そのものの探究が有意義であろう。人種的帰属と疎外は、黒人に始まり黒人に終わるのではない。文化・身体的特徴・宗教は今も昔も、支配的立場と権力拡大のあらゆる前触れとなる。「コーケイジャン（白人）」という言葉が頻用され、また衰退していった歴史を思い起こしてみればよい。

ブルース・ボーム著[*2]『コーケイジャン人種の台頭と衰退』（二〇〇六）の中に網羅的な説明がなされている。ボームによれば、「一九五二年以降、とくにアメリカ合衆国においてコーケイジャン人種という範疇《はんちゅう》が、人種に関する日常の会話の中で頻繁に使われるようになった。だが〈人種〉の概念じたいそうだが、文化人類学者や生物学者からは、しだいに疑問視されるようになっていった」。ボームは次のようにつづける。「ある種の白人優先主義者の意見はさておいて、〈アーリア人種〉など存在しないことは、一般的に自明の理である。〈アーリア人種〉神話は、一九世紀半ばにさまざまな材料をつぎはぎして作られたものであり（略）やがてナチズム統一のリンチ・ピン（要《かなめ》）になった。（略）対照的に〈コーケイジャン人種〉という考えが、人種学者の間や、日常的な使用において流行と衰退を繰り返した」。ボームはさらに、「人種とは、簡単にまとめると、力関係である」と結んでいる。

そういうわけで、「よそ者」「アウトサイダー」「他者」について話したり書いたりするときには、その関係性の意味を心に留めておかねばならない。

奴隷たちの物語（スレイヴ・ナラティヴ）は書かれたものであれ、語られたものであれ、「他者化」の過程を理解するのに決定的な役割を果たしてきた。スレイヴ・ナラティヴには、子ども時代の記述に始まり、最初の主人への愛と献身や、ほかの者へ売られて行く悲しみを記したものがいくつかある。子どもたちの無邪気さは――所有される側もする側も同様――スレイヴ・ナラティヴの中心部分をなすものであり、芝居や商業・美術の本、ポスターや新聞などで理想化される。時が過ぎ行き、子どもたちが思春期を迎えるころになって初めて別の世界が開けてくる。その世界では、文字通り奴隷化されて嫌われ虐待される「他者」が、奴隷化する人びと——いわゆる〈奇妙な制度〉を享受し、維持し、そこから利益を得る人びと——の上に、もっとも啓示的な光を当てることになる。

今ここで、奴隷所有者に利益をもたらす無償の奴隷労働の、人間的コストの例のいくつかに注目してもらいたい。メアリ・プリンスの回想録『メアリ・プリンスの歴史、西インド諸島出身の奴隷』（一八三一）から引用する。

プリンスは塩田で働いていたが、その記憶の抄録を残している。「（塩を入れる）半バレルの樽《たる》とシャベルを渡された。水中に膝まで浸《つ》かって、朝四時から九時まで働くと、ゆでたトウモロコシをもらう。（略）あたしたちは（略）日中の暑さの中で働き、（略）お日さまのせいで（略）塩ぶくれになる。（略）足の底もふくらはぎも、長い間、立ったまま水の中にいるのだから、すぐに恐ろしい腫れ物がいっぱいできて、骨まで蝕《むしば》んでいくことだってある。（略）あたしたちは細長い物置小屋で眠るが、仕切りは牛舎のように狭い」。ひとりの主人から別の主人へ売り渡される経験を、プリンスは次のように記している。「肉屋からまた別の肉屋へ。（略）（最初の主人は）怒りが爆発するといつも口から泡を吹きながらあたしを殴った。（略）（次のは）たいていは物静かだった。すぐそばに立って、お仕置きの厳しい鞭《むち》を当てろと命じ（略）歩き回りながら、まったく冷静沈着に嗅ぎタバコを嗅いでいた」。

このような描写をサディズムそのものと言わずして、いったい何がサディズムだろうか。

メアリ・プリンスの回想録の、以下の描写も検討してもらいたい。「ある日突然、激しい雨風に見舞われた。女主人が、家の外壁の隅にある大きな土器の壺《つぼ》を空にしてこいと命じた。壺にはずっと前からすでに深い亀裂があり、真ん中に割れ目ができていた。空にしようと逆さにしたとたん、壺があたしの手の中で割れてしまった。（略）あたしは泣きながら女主人のところへ駆けて行った。〈ご主人さま、壺が二つに割れてしまいました〉。〈あんたが割ったんだね〉と女主人は言った。（略）あたしは裸にされ、牛皮の鞭でそれは長い時間、ひどく打たれた。女主人は自分がぐったり疲れるまでやめようとしなかった」。

どう細工しようがこの偶発事を元に戻せはしまい。すぐに壺を修復できないなら、あわてて鞭打つ意味がどこにあるというのか。見せしめ？　それとも楽しみ？　メアリ・プリンスは、奴隷の扱いかたが所有者の人格を貶《おとし》めるのを知っていたが、プリンスの回想録からはるかに時代を三〇年も下った、南北戦争勃発前夜に出版された『ある奴隷少女の人生における出来事』（一八六一）を書いたハリエット・ジェイコブズ（一八一三―九七）も同じだった。ジェイコブズは、次のように記している。「わたし自身の経験と観察から、奴隷制度は黒人だけでなく白人にとっても呪いであると証言いたします。白人の父親を残酷でみだらにします。息子たちを暴力的で放縦にします。娘たちを悪に染めさせ、妻たちをみじめにさせます」。

暴力行為はたとえようもなくおぞましいが、この苛烈な罰よりもさらに奴隷制度の暗部を暴露する問いが、わたしの心の中に浮かんでくる。いったいこの人たちは何者なのか？この人たちは奴隷を非人間、野蛮人だと定義するために、どれだけ骨を折るというのか。非人間の定義は、じっさいは圧倒的に罰する側に当てはまるのだが。鞭打ちの合間に疲労困憊《こんぱい》して休息を取るのだから、罰するその行為は矯正のためというより、ただサディスティックなだけである。連続して鞭打つことで鞭打つ者が疲れるのなら、また主人もしくは女主人が鞭打ちをつづけるために何度も休まねばならないのなら、その時間の流れは鞭打たれる者に、いったいどんな効果を及ぼすのか。そのような極度の痛みは、鞭を持つ者の楽しみのためとしか思えない。

奴隷が「異なる種」であることは、奴隷所有者が自分は正常だと確認するためにどうしても必要だった。人間に属する者と絶対的に「非・人間」である者とを区別せねばならぬ、という緊急の要請があまりにも強く、そのため権利を剝奪された者にではなく、かれらを創り出した者へ注目は向けられ、そこに光が当てられる。たとえ奴隷たちが大げさに語っていると仮定しても、奴隷所有者の感覚は奇怪きわまりない。まるで、「俺はけだものじゃないぞ！　俺はけだものじゃないぞ！　無力なやつらをいじめるのは、俺さまが弱くないってことを証明するためさ」と吠《ほ》えているようだ。「よそ者」に共感するのが危険なのは、それによって自分自身が「よそ者」になりうるからである。自分の「人種化」した位置を失うことは、神聖で価値ある差異を失うことを意味する。

わたしは、これまで書いてきたほとんど全作品の中で、この謎を取り上げて探究してきた。『マーシイ』（二〇〇八）では、共感的な人種関係から、宗教によって育まれた暴力的な関係へ変わっていく過程を描き出そうと苦心した。かつてやさしかった女主人が夫を亡くすと、血も涙もないほど厳しい宗教セクトに入信し、奴隷たちに対して懲罰的な態度を取るようになる。女主人は寡婦になって失った特権を、奴隷を虐待することでふたたび獲得する。

『パラダイス』では、かなりあからさまに、ドラマチックに探究を行っている。この作品では人種そのものに支配される共同体を編み出し、その矛盾する結果を検討している——ただしここで「よそ者」は、あらゆる白人を、あるいは「混じった人種」を指す。

この一般に浸透した他人を疎外する能力は、わたし自身がいかにその過程に参加し学んだかを説明すれば、明らかになるだろう。それに関する文章はすでに別のところで発表しているのだが、今一度説明しておきたい。わたしたち自身が忌み嫌う「よそ者」になるばかりか、いかに「よそ者」と距離を取り、わたしたちのイメージを「よそ者」に押しつけようとしているかを。

わたしは今この川べりの場所にいる——最近、手に入れた場所——庭をぶらついていると、隣人の庭の隅の防潮壁に腰を下ろしている女の人が目に入る。その人の手から自分で作った釣竿《つりざお》が、アーチを描いて二〇フィートほど先まで伸びていた。ようこそという歓迎の気持ちを伝えたくなった。そちらへ歩き出し、わたしの家と隣人の家の境まで近寄る。するとその人の服装を見て嬉《うれ》しくなった。男物の靴に男物の帽子を被り、裾の長いワンピースに着古し色あせたセーターを羽織っている。黒人だった。その女の人はこちらを向くと気さくな笑みを浮かべ、「どう、元気？」と挨拶した。名前を教えてくれて（マザー何とか）、わたしたちはしばらく——一五分かそれくらい——おしゃべりをした。魚料理や天候のことや子どもたちについて。ここにお住まいなの、と尋ねると、そうではないという返事だった。近くの村に住んでいるが、この家の所有者が、釣りをしたければいつでもここに来てかまわないと言ってくれたので、それで毎週、パーチやナマズがいれば来るし、いないときだって好きなウナギがいつでも釣れるから、何日もつづけて来ることもあるという。機知に富み、年を重ねた女の人によく見られるのだが、知恵袋がいっぱいだった。おしゃべりがすんだときには、また明日、もしくは明日ではなくても近いうちにまた会おうとお互いに了解していた。この人ともっとおしゃべりをすることになるだろう。わたしの家に招き入れ、コーヒーを飲み、話したり笑ったりするのだろうと思っていた。この女の人はわたしに、だれかを、何かを思い起こさせた。肩ひじ張らない楽しい友情をわたしは想像した。

翌日、その人はいなかった。次の日もまたその次の日もいない。わたしは毎朝、この女の人を探し求めた。夏が過ぎてしまうというのに、まったく行き会わない。とうとうわたしは隣人に近づいていって、あの女の人について尋ねたのだが、隣人はわたしがだれについて、何を言っているのかまったく理解していないようだった。わたしは当惑した。おばあさんがうちの防潮壁から釣りをしていたなんて——まさか、そんなことは——それにだれにもそんな許可を与えていない。この女の釣り人は、許可をもらったと小さな嘘《うそ》をついていたのかもしれない。留守がちな隣人を利用して、そっと侵入し魚釣りをしていたのだろう。今、隣人がいるから女の釣り人はここに来ない。それが明らかな証拠ではないか。それからの何カ月か、いろんな人にマザー何とかという人を知っているか尋ねまわった。だれも知らなかった。近くの村に七〇年も住んでいる人たちでさえ、その人のことを聞いたことがなかった。

だまされたのかと困惑もしたが、不思議だった。夢だったのかもしれないとときおり思った。とにかく、ささやかな出会いにすぎず、さほど重要な意味はないと自分に言い聞かせた。にもかかわらず、初めはうろたえたが、ほんの少しずつ不快感を、それから苦々しさを味わうようになった。家の窓から見える景色から女の人の姿が消えると、毎朝、欺瞞《ぎまん》と失望を感じた。いったいぜんたいあの人は、この村で何をしていたのか。あの人は運転はしないと言っていたから、住んでいると教えてくれた村に本当に住んでいたのなら、四マイルも歩かなければならなかった。あんな帽子を被り、ひどい靴を履いていたのだから、通りで気づかれないはずはない。わたしはなぜこんなにも深く失望しているのか、一五分ほどおしゃべりしただけの相手がこんなに懐かしいのはなぜなのか。結局、答えは何もなく、つまらない説明しか思いつかなかった。あの人はわたしの領域に入り込んできて（とにかくその近辺——敷地の隅の境界線、いつだって一番面白いことが起きる垣根のちょうどその場所へ）、女友だちができるかもしれない、心の広さを見せつける機会が与えられ、保護し保護されることになるかもしれない、とわたしに期待させたのだった。そして今、その相手は姿を消してしまった。それは自分を誇れる機会をわたしから奪ったことであり、許しがたい気持ちになった。これこそまさに、わたしたちが恐れる「よそ者」の振る舞いではないか。かき乱す。裏切る。わたしたちとは違うと証明するためなのか？「よそ者」をどう扱うべきなのか、わからなくなってくる。預言者は「よそ者」へ愛を、とわたしたちを駆り立てるが、その愛は、まさにジャン＝ポール・サルトル[*3]が「地獄の虚偽」としてあばこうとしたものだ。戯曲『出口なし』(一九四五、一九四四年初演)の、「地獄、それは他者」という台詞《せりふ》は、「他の人びと」にこそ私的世界を公的地獄に転換した責任があると、その可能性を提起している。「地獄」とは他の人びとのことである。

聖書の預言者の説諭や芸術家による巧みな警告の中では、愛される者と同様、「よそ者」はわたしたちをそそのかしては、まなざしをこっそり逸《そ》らさせ、あるいは権利を主張させたりするとされている。宗教的預言者は、このことに警告を発し、目を逸らしてはならぬと言う。サルトルは所有という愛に警鐘を鳴らす。

お互いに良好な関係を保ち、相互を引き離している青い空をひと飛びするために可能な手段は、たくさんとは言えないまでも力強いものがある。それは言語・イメージ・経験であり、経験は前二者の両方に、あるいは一つにかかわる。またはどちらにもかかわらない。言語(話すこと、聞くこと、読むこと)は、それが大陸の広がりを持とうが、狭くて小さな受け台だろうが、文化的距離であろうが、年齢や性差だろうが、その欠落だろうが、あるいは社会が創出する結果であれ、生物学的結果であれ、わたしたちの間の距離を助長し、義務づけもするし、放棄することもできる。イメージはますます形成領域を支配するようになり、ときには知識そのものになって、しばしば知識を混濁させる。一つのイメージは言語を挑発したり隠したりすることで、わたしたちが知ること、感じることを決定するのみならず、わたしたちが感じるものは、知る価値があるのだと思い込ませるのである。

言語とイメージ、この二つの小さな神々は、経験を養い形成する。奇妙な身なりの女の釣り人をわたしがたちまち受け入れたのも、わたしが想像する、その人のもとになったイメージのせいなのだ。わたしは、ただちにその人を感傷的に描き出し、不当に私物化してしまった。勝手に夢想して、自分の私的シャーマンに仕立て上げてしまった。その人を所有してしまった。いや、所有したかったのだ（その人はそれに気づいたのではないか）。埋め込まれたイメージや格好のいい言葉には、相手を誘惑し、さらけ出させ、支配する力があることをわたしは忘れていた。それらには人間的企て——人間であること、そして「他者」の非人間化・疎外化を阻止すること——をわたしたちが追求する、それを助ける能力があることを忘れていた。

ところが、このまったく簡素化された手段の品書きに、予期せぬものが入り込んできた。親密度が深まり、知識が増えるというわたしたちの当初の期待をはるかに越えて、メディアが使うお決まりのイメージや言語のせいで、人間とはいかなるものか（あるいはいかにあるべきか）、そして現実のわたしたちはいかなるものなのか、という問いへの、わたしたちの見かたが狭められてしまうのだ。メディアのこの濫用に屈服すると、ヴィジョンはあいまいになってしまう。抵抗したところで同じこと。女の釣り人に出会ったとき、わたしは明らかに、しかも積極的にそのような影響に抵抗を試みていたのだった。芸術と想像力は市場と同様、基本原則からその了解事項を、策略からその事項を、取り引き商品から人間性を剝奪するときには、お互いに共謀することがある。言語表現へ向かう芸術は、ある高みの領域で文字通り軽蔑にさえ値せず、取るに足らないものになる。人間であるとはいかなることか、という概念が変容し、真理は括弧つきのいわゆる「真理」になり、その欠落（あるいは把握の難しさ）が存在するときよりも強く全面に出て来るのだ。

「よそ者」を「よそ者」のままにしておけばはるかに無難なのに、なぜ「よそ者」を知りたいなどと思うのか？　門を閉じて「よそ者」を遠ざけておけばよいのに、なぜ距離を縮めようとするのか？　芸術や宗教の「公益共同体（コモン・ウェルス）」において、その礼節意識が希薄になる。

女の釣り人に対するわたしの要求が理不尽だとわかるには、時間が少し必要だった。わたしが自分自身のある側面を渇望しながら、それを取り逃がしたこと、そして「よそ者」などいないことを理解するために。そこにはわたしたちの変型がいるだけなのだ。その多くを自分の中に受け入れたことはなく、たいていの場合、それらから自分を守りたいと願っている。あの人は「異なる種」だったのではなく、ただ無作為にあらわれた人だった。馴染《なじ》みのない者ではなく、記憶に残る人だった。すでに知っている自分自身——認識してはいないが——との出会いは偶然で、それが警告のさざ波を立てる。そのために、それが喚起する感情や姿をわたしたちは拒絶する——とくにこれらの感情が強く深いときには。それはまたわたしたちに、「他者」を所有し、支配し、管理させたがる。できたら女の釣り人を「ロマンス化」し、わたしたち自身の鏡に投影したい。（警鐘であれ、あるいは的外れの敬意であれ）どちらの場合にしろ、わたしたちは女の釣り人の人格を否定し、自分には特定の個性があると主張するのに、その人には否定するのだ。

第三章　カラー・フェティッシュ（肌の色への病的執着）

文学においてわたしがいつでも心を奪われるのは、登場人物の性格描写や物語の流れに関連して、肌の色を取り込むそのやりかたである――とくに架空の主要人物が白人のときである（ほとんどの場合これだが）。それが神秘の「黒い血一滴」の恐怖だろうが、生来の白人優先主義の印だろうが、あるいは錯乱した過度の性的能力だろうが、「カラー（肌の色）」の枠組みと意味はそれらの決定的要因になっている。

「一滴の血」の法則が引き起こす恐怖を論じるにあたって、ウィリアム・フォークナー[*1]ほど適切な導き手はいない。『響きと怒り』（一九二九）や『アブサロム、アブサロム！』（一九三六）に取り憑《つ》いているのは、まさにこれではないか？　近親相姦《そうかん》と異人種間結婚（「人種の混交」をあらわす古いが便利な表現）という侮辱的行為のうち、後者が、言うまでもなくもっともおぞましい。アメリカ文学の多くの作品で、筋書きに家族の危機が必要になったときに利用される、異人種間の性的交合ほどむかつくものはない。衝撃的であり法律違反で、しかも嫌悪感をもよおさせるのは、両者が遭遇したときのお互いの状況である。奴隷をレイプするのとは違って、選択によってなされた行為、また、あろうことか愛情ゆえの行為であれば、とんでもない糾弾の的になる。フォークナーの場合には、それは殺人を引き起こすことになる。

『アブサロム、アブサロム!』の第四章で、コンプソン氏が息子のクウェンティンに、ヘンリー・サトペンが腹違いの兄弟であるチャールズ・ボンを殺した理由を説明している。

それでなお四年後に、ヘンリーはふたり（妹とチャールズ・ボン）が結婚しないようにボンを殺さねばならなかった。（略）

そうなのだ、世慣れ旅慣れた父親は言うに及ばず、世間知らずのヘンリーでさえ、ニグロの血が八分の一混じった愛人（ボンの母）と一六分の一混じった息子であれば、たとえ貴賤相婚の賤《いや》しい側における相続権剥奪が了解されていたとしても、（略）理由はそれで十分だった。（略）

物語のずっと後になってクウェンティンは、ヘンリーとチャールズの以下のような会話を想像する。

──それで、きみにとって耐えがたかったのは、近親相姦じゃなくて、異人種間の結婚なんだな。（略）

ヘンリーは答えない。

──それであの人（ヘンリーとチャールズの父トマス・サトペン）は何も教えてくれなかった、って？（略）ヘンリー、あの人はそうする必要はなかったんだ。俺を止めるために、きみに俺がニガーだって知らせる必要はなかった。（略）

──きみはぼくの兄さんだ。

──いやそうじゃない。俺はきみの妹と寝ようとしているニガーだ。ヘンリー、きみが止めないかぎり。

フォークナーの上を行くとまでは言わないが、同じように心を奪われるのは、アーネスト・ヘミングウェイ[*2]の「カラー主義」の取り入れかたである。ヘミングウェイのこのきわめて有力な技法は、「カラー主義」の位相を数段階にわたって移動する——卑しむべき黒から悲しく同情を誘う黒へ、そして極端に黒の要素をあおるエロティシズムまで。これらの範疇《はんちゅう》はどれも作家の世界の外にはなく、男であれ女であれ、その想像力の外にあるのでもない。だがその世界がどのように表現されるのか、わたしの興味をそそる。「カラー主義」はどこにでも転がっている——ナラティヴの手っ取り早いやりかたなのだ。

ヘミングウェイの『持つと持たぬと』（一九三七。短編「商人の帰還」〈一九三六〉として初出）における「カラー主義」の使用に注目したい。作品の主要人物であるラム酒の密売屋ハリー・モーガンは、小舟に乗っている唯一の黒人に直接声をかけるときには、ウェズリーと名前で呼んでいる。ところが語り手が読者に語るときには、ウェズリーを「ニガー」と呼ぶ（書いている）。ふたりの男は、モーガンの小舟に乗っているが、キューバ警察と口論になり撃たれてしまう。

（略）モーガンはニガーに話しかける。「俺たちいってえどこにいるんだ？」
ニガーは体を起こしてまわりを見ようとした。（略）
「ウェズリー、楽にしてやるぜ」とモーガン。（略）
「ちっとも動けねえんだ」とニガー。（略）
モーガンはニグロにコップの水を渡した。（略）
ニガーは麻袋に手を伸ばそうとしたが、うめき声をあげ、仰向けになった。
「そんなに痛いのか、ウェズリー？」
「あああ！」とニガー。

物語を進め、説明を入れ、かれらの冒険を語るときに、モーガンの仲間の本名を使うだけでは不十分だという、その理由は明らかではない――語り手が黒人男に抱く憐《あわ》れみ、密売屋を読者にいとおしく思わせるような憐れみを目立たせる意図が、作者にあったのでないかぎり。
さて、不満たらたらで弱々しく、（もっと重傷の）白人のボスに助けられねばならない黒人男の描写と、ヘミングウェイのまた別の、人種的言葉遣いを用いる登場人物を比較してみよう――この場合は、エロティックな、すこぶる好ましい効果が意図されている。『エデンの園』（一九八六）の中で、最初は「若者」と呼ばれ、のちにデイヴィッドと呼ばれる男の登場人物が、「ガール」またはキャサリンと呼ばれる、新婚の花嫁とコートダジュールに滞在し、長期のハネムーンを送っている。ふたりはくつろいで泳いだり食事をしたり、また何度もセックスをする。ふたりの会話は他愛もないおしゃべりか告白だが、その背後にあるのは、肉体的な黒さは刺激的で美しく、性的興奮をさそうという一貫したテーマである。

「（略）あなたってとても素敵な夫ね、それにお兄さんよ。（略）アフリカへ行ったら、あなたのアフリカ人の恋人になるわ」

（略）

「アフリカへ行くのはちょっと早いよ。大雨の季節だし、その後じゃ、草がぐんぐん伸びてとても寒い」

（略）

「じゃあ、どこへ行くの？」

「スペインへ行こうか、でも（略）バスク地方の海岸に行くには早すぎるな。まだ寒いし、雨がよく降るからね。今じゃ、バスクのどこもかしこも雨ばかりさ」

「ここみたいに泳げる暖かい所はないの？」

「スペインじゃ、ここみたいには泳げないさ。逮捕されるぞ」

「つまらないわね。それじゃ、ちょっと待ってそれから行きましょうよ。ふたり共もっと黒くならないと」

「なんでそんなに黒くなりたいんだ？」

「（略）あたしがとても黒くなったら、興奮しない？」

「そうだな。そりゃいいね」

ここでの近親相姦の比喩と、黒い肌とセクシュアリティの奇妙な混じり合いは、『持つと持たぬと』において、「キューバ人」と「ニガー」を分離してしまうヘミングウェイのやりかたとは似ても似つかない。そこではじっさいはキューバ人（キューバで生まれた人びと）である両者（警察とウェズリー）について言及していながら、後者は「ニガー」と記され、キューバという国民性（ナショナリティ）および故郷が剝奪されている。

文学で「カラー主義」が果たす役割には、はっきりした理由がある。それは法律だった。「いわゆる」肌の色に関する法律「カラー法」をざっと検討してみても、合法・非合法の指標として「カラー」が強調される格好の例になっている。奴隷制度を強化し、黒人を支配するヴァージニア州の法律（ジューン・パーセル・ギルドが収集した『ヴァージニア州のブラック法』。一九三六年）は、ギルドの序文に見られるように、「一八世紀・一九世紀において奴隷であろうが自由黒人であろうが、ニグロの人生に浸透し、その含意として白人大多数の人生の構築要素にもなっていた」法律の代表的なものである。

たとえば、一七〇五年の法律は、「カトリック教徒で英国国教忌避者、受刑者、ニグロ、ムラトー[*3]、下僕のインディアン、その他キリスト教徒でない者は、いかなる裁判においても証人になる資格がない」と定めている。

一八四八年の犯罪法によれば、「読み書きを教える目的で、奴隷や自由黒人を集める白人はだれであろうと、（略）六カ月を越えない期間の拘留、および一〇〇ドルを超えない額の罰金を科せられる」とある。

ずっと後のジム・クロウ法のもとでは、「一九四四年のバーミングハム市の一般規約」は、「トランプやサイコロ、ドミノ、チェスなどのゲーム」をニグロと白人が公共の場所で一緒に遊ぶことが禁止されている。

これらの法律は古色蒼然《そうぜん》としており、ある意味で馬鹿げている。もちろん今ではこれらの法律が施行されることもなければ、施行できるはずもないのだが、これらの法律によって敷かれた絨毯《じゅうたん》の上で、多くの作家たちは今も踊り狂っている。

アメリカ人になる文化的メカニズムは明白に了解されている。イタリアあるいはロシアの市民が、アメリカ合衆国へ移民する。かれらは故国の言語や習慣を大なり小なり保ちつづける。しかしアメリカ人になりたければ――アメリカ人として認められ帰属したければ――自分の故国では想像さえしなかった者に変わらねばならない。白人になること。それは心地よいかもしれないし、そうではないのかもしれないが、いずれにしろ白人でありつづけると、具体的な自由と共に有利な面を備えることになる。

多くの文学が詳細に物語っていることだが、アフリカ人とその子孫には、この選択肢はまったくない。わたしは肌の色ではなく、文化によって、黒人像を描き出すことに興味を持つようになった。「肌の色（カラー）」だけが忌み嫌うものである状況のとき、肌の色が偶発的で知りえないとき、あるいは意図的に隠している状況のとき。ごく注意深く書くことでもたらされる、ある種の自由と同様、それは「カラー・フェティッシュ（肌の色への病的執着）」を無視する、まれなる機会を与えてくれた。いくつかの小説作品の中で、人種指標への依存を拒否し、わたしの策略へ向けて読者の注意を喚起することで、この点を劇的に表現してみた。

『パラダイス』でわたしは、冒頭の文章から策略を開始している。「かれらは最初に白人の娘を撃った。その他の者にはゆっくり時間をかけられる」。これには最初から人種的正体を暴露する意図があるが、ところが次につづく襲撃のあった修道院の女たちの共同体の描写がつづく間、その意図は姿を消す。読者はその白人の娘を探すのだろうか？　それとも読者は男であれ女であれ、探す興味を削《そ》がれるのだろうか？　小説の中身に集中して、探索はあきらめるだろうか？　何人かの読者がわたしに、自分の推測による回答を語ってくれた。だが、ひとりを除いてみな間違っていた。そのひとりは、出身がどこだろうが、過去が何であろうが関心を持たず、その娘の振る舞いに注目したのだった――黒人の娘だったらそうはしまいと思われる振る舞いに。人種が問題にならない（レイスレス）この共同体は、正反対の価値観で成り立っている共同体と隣り合っている――そこのメンバーになるには、人種の純粋性が第一条件である。炭鉱で使われるもっとも黒い基準度をあらわす「エイト・ロック」の黒人でなければ、かれらはその町から追放されてしまう。

その他の作品、『青い眼がほしい』などでは、「カラー・フェティッシュ」の生み出した結果、その過酷な破壊力がテーマである。

『ホーム』（二〇一二）ではふたたび、「カラー」が消されているが、読者が「コード（符号）」、すなわち黒人が、常日頃苦しんでいる制約に対して敏感でさえあれば、たやすく想像できるような作品を書いた。黒人はバスのどこに座れるのか、どこで用を足せるのかなど。ところがあまりにも巧みに、読者が「カラー」を無視するように仕向けたので、わたしの担当編集者が不安になった。それでしかたなく、主要人物フランク・マネーの人種がわかる指標をいくつか埋め込んだ。今ではそれはわたしの目的を台無しにすることになった、大きな間違いだったと考えている。

『神よ、あの子を守りたまえ』で、「カラー」は呪いであるとともに祝福にもなっている。それはハンマーであり黄金の環である。ハンマーも黄金の環も、どちらも登場人物が好意的な人間になる役に立たなかったが。私欲をなくしてだれかの世話をすることでしか真の成熟には達しないのだろう。

文学において、人種を明らかにする機会はたくさんある――意識しているいないにかかわらず。けれども黒人を登場させて、「非カラー主義」の文学を創造するのは、解放感を伴いもするが、骨の折れる仕事でもあった。

アーネスト・ヘミングウェイが、ウェズリーのファースト・ネームしか使わなかったら、いったいどれほどの緊張と興味がそこなわれただろう。フォークナーが、ドラマチックな「一滴の血」の呪いではなく、近親相姦のみに主な関心を向けていたら、いったいどれほどの魅力と衝撃が失われたことか。

初めて『マーシイ』――物語は、一六九二年のセイラムの魔女狩りの二年前に起きている——に触れた読者は、黒人だけが奴隷だったと考えるかもしれない。けれどもわたしの他の小説の登場人物たちのように、先住民インディアンや白人のホモセクシャルのカップルも奴隷なのかもしれない。『マーシイ』の中の白人の女主人は、奴隷ではなかったが、見合い結婚によって売買されたのだった。

わたしが最初に、「人種消去」の技法を取り入れたのは、短編「レシタティフ」（一九八三）である。これは最初、映画の脚本としてふたりの女優、黒人と白人のために書くように依頼されたのだった。ところが書くにあたって、どちらの女優がどちらを演じるのか知らなかったので、「カラー」の要素はすっかり剝ぎ取り、社会的階級を指標として採用した。女優たちはわたしの脚本がまったく気に入らなかった。その後、この材料を使って短編に改変した——ちなみにこれは、わたしの計画とは正反対のものになった（登場人物は人種によって区分けされるが、あらゆる人種コードは慎重に外してある）。多くの読者は、筋書きや人物の成長を語ろうとせず、わたしが読者に拒否したことを探ろうと必死だった。

わたし以外の黒人作家には、このわたしの努力は賛美されるべきものでもなく、興味を引きもしないのだろう。これまで何十年も黒人の登場人物を描き出し、力強い物語をつむぐ努力をしてきたのに、わたしが肌の白化作業に取り掛かったのか、と疑ったのかもしれない。そうではない。それにわたしはこの努力に、みなも一緒に参加してほしいと願ってもいない。けれどもわたしは、安っぽい人種主義を骨抜きにして、ありきたりの、お気軽に手に入る「カラー・フェティッシュ」を無化して、信用に値しないものに変えようと決意をしているのだ。それは奴隷制度の名残そのものなのだから。

第四章　「ブラックネス」の形状

「ブラック（黒）」の定義と「ブラックネス（黒いこと）」が意味する描写は実にさまざまで、そこにはあてにならない科学と発明が詰まっている。それゆえ、最終的に明らかにできなくとも、この用語の輪郭を検討し、それらが鼓吹する行為――暴力的なのも、建設的なのも含め――とともに、その文学的用法を検討することには興味がそそられる。

わたしは、オクラホマ州の黒人町の歴史について、かなり徹底的に調査をしてきた。オクラホマ・テリトリーとインディアン・テリトリーとして知られる、コマンチ部族から（強迫して）不当に奪った土地が、入植者たちに「無償」であると告げられた。あらたに取得可能になった土地の権利を要求した入植者の中には、自由黒人と元奴隷がおり、かれらはそこに約五〇の町を建設した。その五〇の町のうち、今日でも一三の町が存続しているという。ラングストン（ラングストン大学が創設された）、ボウリー（二つの大学――クリーク・

セミノール大学とメソディスト・エピスコパル大学――を町が支援）、タラハッセー、レッド・バード、ヴァーノン、テイタムズ、ブルックスヴィル、グレイスン、リマ、サミット、レンティーズヴィル、タフト、クリアヴューの一三の町。

住民の全員が黒い肌ではない。ごく少数のネイティヴ・アメリカン（先住民インディアン）やヨーロッパ人もいる。ところがかれらは黒人として申告し、政府の援助を受けている。これらの町の建設者が「ブラック（黒）」という言葉で何を意味したのか、かならずしも明らかではない。南北戦争後、元奴隷たちが北部や中西部へ移住するようになると、大量の広告や勧誘文が、「準備を整えてから来い。さもなくば来るな」と警告した。賢い助言だったのだろう。自前で道具・馬・衣類・金を持って来ること、そしてみなの重荷にならずに自分の道を切り開ける技術を身につけてから来ること。けれどもこれはやはり排除の論理である――家事をする以外に何の技術もない高齢の寡婦は？　小さな子どもたちを抱えている夫のいない母親は？　身体的に障がいのある老人は？　このような人びとには、来るな、と警告を発し、そうやって町の安寧と発展を確保しているのである。またわたしには、混血の開拓者が好まれたように思われる。警護の任務に当たる肌の色の黒い男の写真を何枚か見て、そう判断した。発展途上の黒人町には、明らかに肌の色の薄い人びとが住んでいた――すなわち「白い」血がその体の中に流れているのだ。

わたしは「カラー」の識別を二つの理由で論じたい。一つには、「カラー」の意味といわゆるその特徴について、少なくとも一世紀にわたって、学問分野および政治分野で議論の対象になっていること。二つには、その「意味」がいわゆる黒人層と白人層に与える影響について（アフリカ人は――南アフリカ人を除いて――自分たちを「ブラック」とは呼ばない。かれらはガーナ人であり、ナイジェリア人やケニア人などである）。

膨大な量の医学および科学の研究が、黒人とはいかなる種であるのか、いかなる特徴を持つのかという問題（それが問題であるとして）に捧《ささ》げられている。これまで見てきたように、一九世紀にこれらの研究者たちが、さまざまな「疾患」に対して発案した用語には驚かされる。「エチオピア無感覚症」（自由黒人と奴隷の極悪非道ぶり）、「放浪癖」（捕獲を逃れようとする奴隷たちの傾向）。これらの用語は疑いもなく、人種主義とその拡散に影響し、今日でさえ当然のごとくに受容されている（階層化や「カラー」を問題にする「ブラックネス理論」がなかったら、わたしたちはいかなる存在になり、何をなし、どのような社会を構成していたのだろうか？）。

「ブラックネス」が社会的・政治的・医学的に定義されると認められた場合、それは黒人にどのような影響を及ぼすのか。

わたしたちは白人から可能なかぎり遠く離れて、安全と繁栄を確保した避難所である黒人町の発展に注目してきた。敵意と死の脅威に満ちた世界に暮らすとは、黒人の住人にとっていかなる人生だっただろうか？　じっさい、周囲の世界についてかれらが知っていることを考慮すると、どれほど安全だったのか？　さきほどわたしは、一八六五年から一九二〇年までの間に、オクラホマに建設された黒人町五〇ほどのうち、一三ほどがまだ存続していると述べた。存続できなかった三七ほどの町の住人は、おそらく逃げねばならなくなった原因を直接的に体験し、黒人の人生の価値は何かとあらためて思いをめぐらせたに違いない。一九四六年まで生きていたら、絶対に。

二〇世紀のアメリカ合衆国では優生学はまだ生きていて、リンチの習慣が目に見えるほどはっきりと衰退することもなかった。嬉《うれ》しそうな白人の野次馬に取り囲まれた、黒人の死体の写真が新聞雑誌に掲載され、またリンチの写真を葉書にしたものは人気商品だった。

黒人が抱く恐怖は空想でも病的症状でもなかった。

まだ制服姿だった黒人の復員軍人アイザック・ウッダードが、サウス・カロライナ州でグレイハウンド・バスを降りたのは、一九四六年のことだった。ノース・カロライナ州の家族のもとへ戻る途中だった。軍隊で四年間ほど過ごしている――太平洋戦域で（そこでは軍曹に昇進）、またアジア沿岸で（そこでは作戦褒章、第二次世界大戦勝利章、優秀行動章を授与された）。バスが休憩停車をしたとき、トイレに行く時間はあるかとバスの運転手に尋ねた。口論になったが、トイレを使用することが許された。その後、バスがサウス・カロライナ州ベイツバーグで停《と》まったとき、運転手は警察を呼び、ウッダード軍曹（明らかにトイレに行くつもりだった）をバスから追い出すように要請した。主任警官リンウッド・シャルは、ウッダードを近くの裏道へ連れて行き、そこで何人かの警官と共に警棒で殴った。それから留置所へ引っ張っていき、治安紊乱罪《びんらんざい》で逮捕した。留置所に入れられた晩、主任警官は棍棒《こんぼう》でウッダードを殴り、両目をえぐった。翌朝、ウッダードは地方判事のもとに送られ、有罪判決を受け、五〇ドルの罰金が科せられた。ウッダードが治療を要求すると、二日たってから医者がやって来た。いっぽうウッダードは自分がどこにいるのかわからず、軽度の記憶喪失もあって、サウス・カロライナ州エイケンの病院へ送られた。行方不明だという家族の捜索願が出てから三週間後に居所が判明し、スパータンバーグの軍人病院へ急遽《きゅうきょ》搬送された。両眼は共に治療不可能なほど損傷していた。目が見えなくなったが、七三歳になる一九九二年まで生き延びた。シャル主任警官は、三〇分間の審議のあと、あらゆる責任から無罪放免になり、全員白人の陪審員から熱狂的な拍手喝采で迎えられた。

その非難が——NAACP（全米有色人種向上協会）、その他の組織による報道に加えて——数多くの事件がある中で、なぜハリー・トルーマン大統領の注目を引いたのか不思議だが、おそらく被害者が制服につけていた、戦場での作戦展開の功績や褒章のおかげだろう。

黒人町は何を恐れるのだろうか？　アイザック・ウッダードひとりではない、ということ。

二〇世紀に発生したリンチ殺人事件のうち、ごく少数の例を挙げておこう。

エド・ジョンスン　一九〇六年、テネシー州チャタヌーガのウォルナット・ストリート橋で、処刑停止令が発令された後、刑務所に押し入った暴徒によりリンチ。

ローラとL・D・ネルソン　一九一一年、母親と息子。殺人で告訴された後、監房から誘拐され、オクラホマ州オケマー近くの鉄橋から吊《つ》るされる。

イライアス・クレイトン、エルマー・ジャクスン、アイザック・マクギー　一九二〇年、三人のサーカス団員。証拠なしにレイプで告訴され、ミネソタ州ダルースでリンチ。殺人犯にとがめなし。

レイモンド・ガン　一九三一年、レイプと殺人で告訴される。ミズーリ州メアリーヴィルの暴徒によりガソリンをかけられ焼死。

コーディー・チーク　一九三三年、根拠なくレイプで告訴され、刑務所から釈放された後、テネシー州モーリーの暴徒によりリンチされ性器を切断される。

ブッカー・スパイスリー　一九四四年、ノース・カロライナ州ダーラムで、バスの後部座席への移動を拒否し、バス運転手により射殺。

マセオ・スナイプス　一九四六年、ジョージア州民主党予備選挙に投票したためジョージア州テイラー・カウンティの自宅から引きずり出され、射殺。「最初に投票するニガーは二度と投票できない」というポスターが近所の黒人教会に貼られる。
ラマー・スミス　一九五五年、公民権運動活動家。ミシシッピ州ブルックヘイヴンのリンカン・カウンティ裁判所の芝生の上で射殺。
エメット・ティル　一九五五年、一四歳のとき、ミシシッピ州マネーで殴打され射殺。伝えるところによれば、白人女性とふざけたという廉《かど》で。のちに女性はふたりの出会いについて嘘《うそ》をついていたと告白。

これらはほんの少しの例に過ぎないが――ほかにもたくさんの例があり、すべてがひどくむごたらしい――二〇世紀の黒人（もはや奴隷ではない）にとっての、じっさいに危険をはらむ状況を、よくあらわしている代表的な例だろう。
それでかれらは「フリー（無償・自由）」の土地へ向かって逃げ出し、自分たちの「カラー」の基準を作り出し、もっとも黒い肌――ブルー・ブラック――を受容可能な決定的要因としたのだった。とにかくそれがわたしの小説、遠く離れた（架空の）オクラホマのルビーという黒人町にかかわる『パラダイス』の前提であるが、そこには、「旅人の役に立つものは何もない。簡易食堂も警察もなく、ガソリンスタンドも公衆電話も映画館も病院もない」と書かれている。

アイザック・ウッダードのように、何の理由もなく残忍な仕打ちを受ける、厳しい現実とともに、黒人自身における「カラーの基準化（カラー・コーディング）」や自分と同じ人種から追放されるのではないかという恐怖が、黒人町を建設した多くの人びとの動機になったというのが実情である。『パラダイス』で、わたしは逆のディストピアを想像したが――それは「ブラック」の定義の深化とその純粋性の探索で、「白」を純粋と見なす優生学への挑戦であり、とりわけ頼るものは身一つという、ひどく貧しい多くの黒人を拒んだ、「準備を整えてから来い。さもなくば来るな」という掟《おきて》に対する挑戦でもあった。

自分たちの純粋性の基準を強調した黒人町成立の理由は何か、そしてその成功とは何だったのか？　『パラダイス』では、「ブラックネス」の形状を改変したかった。

黒の純粋性がより劣等なもの、あるいは不純なものによって脅かされると、純粋性の条件はどうなるのか、町の人びとはどのように反応するのかたどってみようと思った。『パラダイス』でわたしは、このように混乱しやすい「ブラックネス」の概念と戯れた。

冒頭から人種、純粋性、暴力を表現した。「かれらは最初に白人の娘を撃った。その他の者にはゆっくり時間をかけられる」。「白人の娘」は決して特定できないが、襲撃した殺人者たちも最初の殺戮《さつりく》の段階では名前が与えられていない。殺人を犯しているのは、だれかの息子、甥《おい》、兄弟、伯父、友人、義弟などだが、個人の名前は明らかにされていない。

慎重に匿名にしたあとで、その後の各章には、女たちの名前がつけられている。メイヴィス、グレイス、セネカ、ディヴァイン、パトリシア、コンソラータ、ローン、セイヴ＝マリーだが、その人種は明らかにされていない。

人種という構造物がいかに移ろいやすく、絶望的なまでに無意味であるかを示そうと努力しながら、わたしは人種の概念を骨抜きにすると同時に、なるべく派手な表現を心がけた。登場人物の人種がわかったからといって、その人物についてどれほどのことがわかるというのか？　それで本当に何がわかるのか？

ルビーの町の「外」の世界における脅威、黒人であるがために、町の人びとが直面する危険について熟知することで、自分たちが支配し防衛できる、人種的に純粋な黒い町を建設する決意が固まる。

一〇世代にわたってみな、「向こう側」には何が横たわっているのか知っていた。かつて手招きしてくれた「無償で自由の」領域が、監視されずに激しくゆらいでいる。好き勝手なときに好き勝手なところで、行き当たりばったりの悪、もしくは組織だった悪が噴出する真空地帯になっている――あらゆる木立のうしろ、粗末な小屋であれ大きな館であれ、あらゆる家の扉のうしろで。子どもたちはもてあそばれ、女たちは獲物として狙われ、そしてあなた自身も無化される「向こう側」。そこでは会衆が武器を教会へ運び、馬の鞍《くら》にはすべてロープが巻きつけられている。「向こう側」に白人の群れがいれば、それはすべて保安隊のように見える。ひとりでいることは死を意味する。いかにして町を守るのか、三世代にわたって繰り返し学んできた。それで、何が最初に起きるのか知っていた元奴隷たちのように。（略）八月の半ば、最初の明かりが輝く前に、一五家族が移動した。（略）マスコギーやカリフォルニアへ向かった数家族とは違って、あるいはセントルイスでもヒューストンでもラングストン、シカゴでもなく、オクラホマの奥地へと。（略）

モーガン兄弟が町の建設に携わり、そこを支配する。近ごろ亡くなった妹を顕彰してその町をルビーと名付ける。けれども兄弟の町に対する権力と脅迫にもかかわらず、町の住人の間には、厳しい軋轢《あつれき》が根深く存在している。分裂を招いている問題の一つは、オールド・ファーザーたちが作り、ルビーへ運んだ貴重な「共同オーヴン」に刻まれた文字（最初のアルファベットが消えている）は何かという問題である。「かれ（神）の額のしわになれ」と刻まれているのか？　あるいは若者たちが主張するように、「われわれはかれの額のしわである」なのだろうか？　それともまた「女たちがかれの額のしわ」なのだろうか？外側の人間との性的関係には眉をひそめるが、それればかりではなく、根本的な宗教の分断も存在する。傲慢な保守派の牧師プリアムの説教が、町の分断の一側面を描写する。結婚式での説教がその好例である。

愛について話そう。あのばかげた言葉を。あなたがたはだれかが好きとか、だれかがあなたを好いているとか、また欲しいものや欲しい場所が手に入るのなら、だれかに対して我慢できるとか、あるいはまるでコマドリかバイソンに対するように、あなたの体がだれかの体に反応するとか、はたまた力・自然・幸運が、あなたを傷つけも殺しもせず、もし傷つけ殺したとしても、それはあなたによかれということだと、そのように愛を、あの愚かな言葉を考えているかもしれません。

愛とはそのどれでもないのです。自然界に愛と同じようなものはありません。コマドリの中にも、バイソンの中にも、あなたの猟犬の激しく振る尻尾の中にも、花の中にも、乳を飲む子馬の中にもないのです。愛はただ神聖であり、常に難しいもの。やさしいと思っていたら、あなたは愚かです。それが自然なことと考えていたら、あなたはまったく見えていない。それは学習によって獲得する実際的な教訓で、愛は神であるというほかに理由も動機もないのです。

あなたが耐え忍んだ苦悩にかかわらず、あなたは愛に値しません。だれかがあなたに悪を働いたからといって、あなたが愛を欲するからといって、あなたは愛に値しないのです。努力によってのみ――実践と注意深い瞑想《めいそう》によってのみ――愛を表現する権利を獲得します。それをいかに受け入れるかを学ばねばなりません。つまりあなたは努力して神を獲得せねばならないのです。神を実践せねばならないのです。神を思考せねばならない――注意深く。あなたが優秀で勤勉な学徒であれば、愛を示す権利を確保するでしょう。愛は贈り物ではないのです。それは卒業証書です。ある特権を与える卒業証書。愛を表現する特権と愛を受け入れる特権。

自分が卒業したことをどうやって知るのでしょうか？　あなたにはわからない。わかっているのは、あなたが人間で、それゆえ教育可能で、それゆえいかに学ぶかを知る能力があることです。自分自身にしか興味がない神、すなわち愛にしか興味がない神にとって、あなたは興味深いのです。わたしの言うことがおわかりですか？　神はあなたに興味を持っているのではなく、愛に興味を持っているのです。その興味を共有し、理解する人びとに、愛がもたらす祝福に、神は興味を持っているのです。

神についてこれとは正反対の見解をミズナー牧師が語る。ミズナー牧師は進歩的な説教師で、結婚式を司式しながら、牧師にとって愛は「動機づけなどいらない尊敬の念。すべては、自分自身の愛であるひねくれた神へではなく、人類愛を可能にする神への証言です。

神自身の栄光のためではないのです——決して。神は人間どうしが愛しあうのを愛するのです。人間が自分自身を愛するのを愛する。どうにかその二つを成し遂げたあと、それを知りながら十字架上で死んだ、あの非凡な方を愛するのです」と語る。プリアムの「毒」に静かに抵抗しながら、ミズナー牧師は会衆の前で十字架を高く掲げ、思考する。

見えますか？　この二つの交差する線に支えられたひとりの、黒人男の処刑が。男は人類の抱擁のパロディとしてはりつけられ、大きな二本の棒に括《くく》りつけられていますが、この二本の棒はとても都合よく、見えやすく、「意識として」意識の中にぴったり埋め込まれ、ごく普通であると同時に崇高であります。見えますか？　縮れ毛の頭がぴんと立ったかと思うと、だらりと前に垂れる。真夜中の肌の色の輝きは埃《ほこり》にまみれ薄汚れ、胆汁が縞模様《しまもよう》を描き、つばや小便で汚れ、乾いた熱風でくすんだ銀ねず色になります。するとついに太陽が羞恥心で薄暗くなり、男の肉体は、午後の日差しがまるで夜のように暗くなるのに合わせて奇妙にも衰退していくのです。それはあのような気候の中で突然に起き、男と両脇の死刑を待つ重犯罪人を飲み込み、もともとの徴証（しるし）のシルエットが、偽の夜空の中へ溶けていきます。当局による何百件の正式な殺人のうち、この殺人がいかに違っているかわかりますか？　神と人間の関係が、ＣＥＯと嘆願者の関係から、一対一の関係へと変わっていったことがわかりますか？　この男の十字架は抽象的で、不在の身体《からだ》こそ現実なのです。けれども両者が一緒になって、舞台裏から表舞台へ人間を引きずり出します。舞台の袖のささやきが、自分たちの人生の物語における主要人物の声になるのです。この処刑が尊敬の気持ちを──怖がらずに自由に──自己自身を尊敬し、また相互に尊敬しあうことを可能にします。

ルビーの町の軋轢は深まり、あまりにひどくなったため、男たち（いく人か）は、是が非でも敵を見つけだし、その存在によって自分たちの共同体の悪と分裂を消し去り破壊する必要があった。ルビーの町の外側にある、かつて修道院だった場所にいる女たちがこの目的にぴったりかなっていた。

もちろんここの女たち──うまく順応できない者や家出人の集団──は平和の聖者では

ない。みんなじっさいほとんどすべての点で意見が合わなかったが、ただ修道院の最後の住人、自分たちすべてを快く受け入れてくれた、コンソラータという名前の酔っ払いの老女への愛だけはだれも変わらなかった。ルビーの男たちが女たちに暴力を加える事件に先立って、コンソラータは、「大声で夢を見る」という非凡な儀式をみんなに要求していた。この儀式は、修道院の女たちを浄化し力を与える作用がある。だが遅すぎた。ルビーの男たちが丘の上から下りてきた。

人種とジェンダーの範疇《はんちゅう》の中での力の配分が原因で起きる、解消しようのない軋轢や闘争や混沌《こんとん》すべての真っただ中にあって、害を逃れ、自分たちの失敗を帳消しにしようとする特定の人びとにわたしは注意を集めようとした——物語を一つずつ。ひとりに一つずつ。

この仕事——あるいは書くことのわたしの目的——は、何年も前にウイーン・ヴィエンナーレで体験したことを思い出させる。展示されている作品の一つで、わたしは暗い部屋へ入って鏡を見るように促された。すぐに「姿」が現れ、ゆっくりと形になり、わたしのほうへ向かってきた。ひとりの女。わたしと同じ背丈のその人（というよりそのイメージ）

は近くに来ると、手のひらを鏡に置き、わたしにもそうするように促した。わたしたちは向き合って立っていたが、言葉を発せず、相手の目をじっと見つめていた。やがてゆっくりと姿は薄くなり縮んでゆき、すっかり消えてしまった。またひとり別の女の人が現れた。わたしたちはお互いの手のひらを合わせ、目を見合う動作を繰り返した。このようなことがしばらくつづいた。女たちはみな年齢が異なり、体の形、肌の色、服装も異なっていた。それは途方もない体験だったと言わねばなるまい――「よそ者」とこのように親密になるとは。黙ったまま、お互いを知る。お互いを受け入れている――一対一で。

第五章　「他者」を物語る

わたしは長年――一九年ほど――ランダムハウスの上級編集者として働いていた。この出版社の出版カタログに、できるだけ多くの優秀なアフリカン・アメリカンの作家を入れようとわたしは決意していた。

提案したいくつかの企画は編集会議を通った。その中にはトニ・ケイド・バンバーラ、アンジェラ・デイヴィス、ゲイル・ジョーンズ、ヒューイ・ニュートンなどの本があった。モハメド・アリの自伝以外は、売れ行きは芳しくなかった。ある日、営業会議でこの問題が持ち上がった。地域担当の営業マンが、「通りの両側」で売るのは不可能だと発言した。その意味は、本を買うのはたいてい白人で、黒人は買ってもごくわずかということだった。

それでは黒人の注意を引く、面白くて魅力的な本を出版したらどうだろうかと考えた。それでのちに『ブラック・ブック』（一九七四）にまとめられることになるものを想像し始めた。それは上等なスクラップブックで、写真、抒情詩《じょじょうし》、黒人による発明の特許状、新聞記事の切り抜き、広告ポスターなど――アフリカン・アメリカンの歴史・文化に関するありとあらゆるものを含み、美しいものや立派で誇らしげなものもあれば、すさまじいもの、恐ろしいものもあった。資料はさまざまなところから集められたが、主にアメリカ人およびアフリカン・アメリカンの歴史資料を箱詰めにして持っている収集家たちからであった。

わたしが集めた資料の中には、「自分の子どもを殺した奴隷の母親を訪ねる」という見出しの、興味をそそる新聞の切り抜きがあった。それは、一八五六年二月一二日付けの「アメリカン・バプティスト」紙に掲載された記事で、オハイオ州シンシナティのフェアマウント神学校のP・S・バセット牧師の文章だった。牧師は囚人に礼拝をほどこすことを勤めとしていた。奴隷の母親マーガレット・ガーナーとその家族は、奴隷だったケンタッキー州から自由州オハイオへ逃げて来た。バセットとマーガレット・ガーナーの出会いは、以下のようなものだった。

先週の安息日に、シンシナティの市刑務所で説教したあと、郡保安官代理の好意で、あの不運な女性の房を訪ねる許可が下りた。この二週間、この女性に関して世間はひどく騒がしかった。

女性は生後二、三カ月の乳飲み子を腕に抱いていた。その乳飲み子の額には大きな〈傷〉があった。その傷の原因を尋ねると、女性は自分の子どもたちを殺そうとした理由を詳しく話し始めた。

かれらが隠れていた家に役人や奴隷捕獲人たちがやって来たとき、シャベルをつかんでふたりの子どもの頭を打った。それからナイフを取って、三番目の子どもの喉を切った。また別の子を殺そうとした——時間があったら、全員殺していただろう。自分のことならどうだっていい。けれども子どもたちに自分が味わったような苦しみを味わってほしくない。

その行為に及んだとき、興奮のあまり狂気に陥っていたのではないかと尋ねると、そんなことはない、という答えだった。今と同じように冷静だった、と。子どもたちがまた奴隷に戻って、徐々に殺されていくよりは、一度に殺して苦しみを終わらせてやりたかった。その次に自分への虐待を語った。苦悩の日々、夜も軽減されぬ骨折り仕事について話していると、苦々しい涙が頬を伝い、あどけない赤ん坊の顔に落ちた。赤ん坊は微笑《ほほえ》みながら母親を見つめていたが、おそらく自分を待ち受ける危険や苦悩などまるでわかっていなかっただろう。

事実に耳を傾け、その顔に滲《にじ》む苦悶《くもん》を目撃すると、わたしは叫ばずにいられなかった。知性ある人間に対して無責任な権力が振るわれるとは、なんと恐ろしいことか！自分が殺した子どもについて、あらゆる問題や悲しみから解放されて満足している、と暗に語っていたが、それは血を凍らせるような話だった。そう語りながら、すべての母親が抱く愛情のやさしさと情熱が明らかに感じられた。二五歳くらいの女性で、人並みにやさしく、活発な知性とエネルギーにあふれた強い性格の持ち主だった。

ふたりの男［舅《しゅうと》と夫］とその他のふたりの子どもたちは別の房にいたが、姑《しゅうとめ》は同じ房に入っていた。［姑は］自分は八人の子どもたちの母親だが、ほとんどが自分のもとから引き離されたと語った。自分の夫とも二五年の間、引き離され、その間一度も夫に会っていなかった。できることなら、夫には絶対に戻って来てほしくなかった。というのは自分の苦しみを見られたくなかったし、ひどい扱いを受けるような目に夫をあわせたくなかったから。

自分は忠実な召使で、この老齢で自由を得ようとも思わなかった。ところが体が弱くなり、仕事が思うようにこなせなくなると、奴隷主はますます扱いが過酷で残忍になり、もはや耐えがたくなった。いくら努力しても死は免れないのなら——それで、この逃亡を企てた。

子どもを殺す場面を目撃したが、嫁を勇気づけもしなければ止めもしなかった——同じ状況であれば、自分もそうしただろうから。老女は六〇歳から七〇歳くらいだった。二〇年ほど信仰の導師をしており、抑圧者の権力から救済されて救世主のみもとに住まうときのこと、また「邪悪な者が虐待を止め、疲れた者が休息するとき」のことについて感情を込めて語った。

これらの奴隷たちは、（わたしが教えられたところでは）生涯、シンシナティから一六マイル以内のところで暮らしてきた。わたしたちは、ケンタッキー州の奴隷制度は無害だと聞かされている。穏やかだと言われている場所でさえこのような結果なら、より好ましくない状況とは、いったいどれほどのものなのか、だれか教えてくれるだろうか？　もっとも、その答えは不要である。

この記事の所見でわたしが注目したのは、一、姑が幼児殺しをとがめも賛同もしなかったことと、二、マーガレット・ガーナーの平常心、だった。

読者にはおわかりの方もいるだろうが、マーガレット・ガーナーの話は、わたしの小説『ビラヴド』（一九八七）のきっかけとなった。小説が刊行されてから約一〇年後に、歴史上の人物マーガレット・ガーナーの伝記が出版された。その本のタイトルは『近代のメディア――南部の奴隷制度と子殺しの家族の物語』（一九九八）で、著者はスティーヴン・ワイゼンバーガー[*1]である。ワイゼンバーガーが参考にしたのは、子どもたちの父親で、不実な夫へのあてつけとして子どもたちを殺した、冷酷な女を描いた古典文学（ギリシア悲劇）であるが、わたしの物語は、子殺しという野蛮な行為に対して、それは理解しうる行為であると認めることだった。

ワイゼンバーガーによる伝記は、マーガレット・ガーナーの行為とその結果を取り囲む事実を網羅的に検討している――その内容はわたしがまったく知らないこと、あるいはほとんど知らないに等しい事柄だったが、もし調査する機会があったとしても、わたしはそうしないことに決めていた。じっさいにその機会はなかったのだが。わたしは一〇〇パーセント、自分の想像力に頼りたかった。わたしの主な興味は、姑が嫁の殺人をとがめるのに無力だったことを理解することだった。

姑の最終的な答えは何だったのかと想像しながら、疑問の余地なく判断の権利を持つ唯一の人物は、死んだ子ども自身だと結論を下した。その子の母親が、墓石に刻む文字の費用が払えるのは、一語分だけだった。それをその子の名前にした。「ビラヴド（愛されし者）」。もちろんわたしは、名前を変えたり、登場人物を創造したり削ったり、何人かは矮《わい》小化《しょうか》したが（たとえばマーガレット・ガーナーの夫ロバート）、裁判に関しては徹底的に無視した（裁判は何カ月もかかり、問題含みで、奴隷制度廃止論者を混乱させたが、かれらは、一八五〇年の逃亡奴隷法をくつがえすために、ガーナーをこの有名になった事件の主要人物に仕立て上げ、殺人の罪で告発しようと奮闘した）。知っていたとしても無視しただろうが、ガーナーの子どもたちの何人かは混血で、それは奴隷主がレイプしたという動かしがたい証拠だった――ガーナーの夫は、しばしば他のプランテーションに貸し出されていたから、レイプはたやすいことだった。『ビラヴド』でわたしは生き延びた子どもをひとり、母親に与えたが、その子の出産には、同じように逃走中の「奴隷」の白人娘が手助けするようにした。その娘が母親に同情したのは、人種ではなくジェンダーゆえだった。「セテ」は母親に与えた名前だが、ひとりで逃げているという設定にした。言葉を話し考える死児を物語に挿入したが、その効果——姿を現したり消したり——は奴隷制度に備わる奇怪な破壊力として作用する。それからわたしは姑（ベイビー・サッグズ）に、無教会の自称説教師として、奴隷制度を耐えるための要《かなめ》の役割を与えた。説教の中で語る信仰と愛への献身によって、姑が嫁を非難するのをためらう理由を説明したかった。

以下はその一部で、ベイビー・サッグズが森の中の開拓地で行った説教である。

「ここ、この場所、わたしたち肉体。すすり泣き笑う肉体。草の上で裸足《はだし》で踊る肉体。愛するのです。一生懸命に。向こう側じゃ、あなたたちの肉体を愛しはしない。かれらは忌み嫌う。あなたの目を愛さない。できるだけ急いで抉《えぐ》り取るだけ。それにあなたがたの背中の皮膚だって愛さない。向こう側では鞭《むち》打つだけ。それに、わたしの仲間たちよ、かれらはあなたがたの手だって愛さない。ただ利用するだけ、結んで縛って切断し、あとは空っぽ。手を愛しなさい！　愛するのです。手を挙げてキスしなさい。ほかの人を手で触りなさい、ほかの人と手を打ち合わせなさい。自分の顔をなでなさい。なぜならかれらはそれも嫌いだから。あなたがたこそ手を愛さないと、あなたがたこそ！　それに、かれらはあなたがたの口も嫌う。向こう、あちら側では、かれらは口を裂く、繰り返し裂く。その口が何を言おうとかれらは気にかけない。その口が何を叫ぼうと、かれらには聞こえない。あなたがたが自分の身体《からだ》に栄養を送ろうとして口に何か入れると、かれらはすばやく取り上げて、代わりに残り物をあてがう。そう、かれらはあなたがたの口を愛さない。だからあなたがたが愛さなくては。（略）それに、ああ、わが民よ、向こう側では、あなたがたの首にくびきが掛けられずに、まっすぐ伸びていたらそれが気に喰《く》わない。だからあなたがたが首を愛すのです。手をおいてごらん、やさしく愛《め》で、なでてごらん、しゃんとあげてごらん。それにあなたがたの体の中身を全部。かれらはすぐにでも豚にやってしまうのだから愛さなくては。黒い黒い肝臓――愛してごらん。愛して。それから脈打つ心臓、それも愛すのです。目や足よりももっと。自由な空気をこれから吸おうとしている肺臓よりもずっと。命を支える子宮よりもずっと。それから命を与える陰部よりもずっと。さあ、よく聞くのだよ、あなたがたの心を愛しなさい。というのはそれがご褒美だから」

わたしは命が救われた子どもの存在を強調し、お産を助けてくれた白人の娘の名前を取ってその子をデンヴァーと名付けた。その子の姉を殺したけれど、その母親は祖母や隣人たちから精神的にも現実的にも支えてもらった——そのおかげで勇気づけられ生き延びることが可能になった。そのような母親と暮らすのはその子にとってどのようなものか、考えをめぐらせた。

わたしは自分なりの結論を出し、小説では現実のマーガレット・ガーナーの人生の心かき乱す悲しい結末ではなく、希望が残るものにした。わたしが生み出した奴隷である母親をセテという名前に改称したり描き直したりしながら、最終的にセテが、自分と娘に起きた出来事にもかかわらず、自分は価値ある人間だと思えるようになり、それをはっきり自覚するほどにさせた。「あの子はあたしの一番の子だった」とセテは、ビラヴドのことを

（同じ農園にいた）ポールDに語る。ポールDは、いやそうじゃない、「きみが、きみの一番なんだ」と返す。セテは問い返す。「あたし？　あたしが？」。自信が持てなかったが、少なくともその考えは気に入った。和合、平和、そのうえ後悔する必要がないという可能性がそこにはある。

その結末は最終的な言葉ではない。最終的な言葉は、「他者」であり、この小説の動機の張本人であり、存在理由、ビラヴド自身でなければならないだろう。

ゆっくり揺り動かされてなだめられる孤独がある。腕を組み、膝を抱いて。この動きをつづけている、ずっとつづけている。船の揺れとは違って穏やかで、揺り子が中にある。それは内側のもの――皮膚のようにぴったり包み込まれている。それからさまよい歩く孤独がある。揺すってもなだめられない。それはひとりで生きている。それは乾いて広がって行くので、ほかの足音が、はるか遠くから来るように思わせる。

みんなその子が何と呼ばれていたかは知っていたのに、どこのだれもその名前を知らなかった。記憶から遠のき、話題にもならず、だれもその子を捜していないのだから、失われたことにもならない。捜したところで、名前を知らないのだから、何と呼べるのだろうか。その子は求めるけれど、求められることはない。背の高い草が途切れたところで、愛されようと待ちながら、残念な思いを叫びたかった娘は、突如、分離した体になって噴出する。笑って口を動かしている人びとが、その子をすっかり飲み込んでしまえるように。

それは申し送りするべき物語ではない。

かれらはまるで悪夢を忘れるようにその子を忘れた。自分たち自身の物語を作り上げ、形づくり、飾り付けたあとで、あの日ポーチにいたその子を見た人びとは、すばやく意図的にその子を忘れた。その子に話しかけ、一緒に暮らし、恋に落ちた人びとは、忘れるのに少し時間がかかったが、ついにその子がしゃべった言葉も記憶からこぼれ落ち、何一つ繰り返せない。自分たちが考えることのほかには、その子はまったく何も言わなかったのだと信じ始めるようになった。それで最後にはかれらもまたその子を忘れた。覚えていることは賢いことではないようだった。その子がどこに、なぜうずくまっていたのか、その子があれほど必要とした水の中の顔はいったいだれだったのか、かれらはわからなかった。その子の顎の下には微笑みの記憶があったのかもしれないが、じっさいにはなかった。かんぬきが掛けられ、その金属部分にリンゴ色の青い苔《こけ》が生えていた。いったいどうしてその子は、雨が降り注いだ鍵を自分の爪で開けられると思ったのだろうか。

それは申し送りするべき物語ではない。

それでかれらはその子を忘れた。寝苦しい夜の不愉快な夢のように。けれどもときおり、目が覚めているときにスカートの衣《きぬ》ずれの音が静まり、眠っているときに指の関節が頬をなでるのは、眠るものの思いだろうか。ときおり、親しい友人や親戚の写真をあまりにも長く見つめていると——それは位置をずらし、その親しい顔より、さらに身近なものがそこで動くのだった。そうしたければ触ることはできたが、そうしなかった。もしそうしたら、すべてが元のようにはならないとわかっていたから。

それは申し送りするべき物語ではない。

一二四番地の裏の小川には、その子の足跡が見え隠れした。現れたり、また消えたり。とても馴染《なじ》みのものだった。子どもか、大人が自分の足を合わせてみると、うまくはまった。足を外してみると、まるでだれもそこを歩かなかったかのように、足跡は消えている。

だんだんとすべての痕跡は消えていき、忘れられたものは足跡ばかりでなく、水もそうだった。その近くにあるものすべてだった。残りは天候。記憶をはがされ、説明されなかったものの息ではなく、軒の近くで吹く風や、あるいは春の氷があまりにも早く溶けること。ただの天候だけ。決してキスを求める叫びではない。

ビラヴド。

じっさいの裁判結果は知っていた。奴隷の母親は、結局、自分の子どもを殺したことに関して法的責任はないとされた（責任があると認められれば死刑になっただろう）。連邦地方裁判所判事が介入し、逃亡奴隷法が優先するという考えかたを示したからである。そのため、マーガレット・ガーナーは、法律のもとで一つの財産であり、子どもたちもまたしかり――ガーナー自身には、これっぽちも属していないのである――なぜならかれらは売り買いできる――じっさい定期的に売買された――家畜と同じだからである。つまり最終的にガーナーが、母親という人間としての責任を取れる存在ではない、と判断されたのである。牛のように売られる動物だということ。とにかくガーナーは運命づけられていた。殺人犯として早い死を迎えるか、過酷に扱われる奴隷としてゆるやかな死を迎えるか。じっさいワイゼンバーガーが調査した結果、その事実を発見したのだが、ガーナーはふたたび南部に引き戻され、一八五八年、チフスで死ぬまで奴隷として生き、その生涯を終えている。

　現実のマーガレット・ガーナーの物語には心動かされるが、わたしの小説の中心と広がりは、殺された子どもにある。その子を想像することは、わたしにとっては芸術の根幹をなし、魂であり真の骨格になるものであった。

　物語は、統御された荒野を提供し、「他者」としての機会を、「他者」になる機会を提供する。「よそ者」になること。同情を抱きながら、明白に、また自己分析の危険を伴って。この反復において、作者であるわたしにとっての究極的な「他者」とは、取り憑《つ》く者であるその子、ビラヴドである。騒ぎ立てている、キスを求めて永久に騒ぎ立てながら要求している。

第六章　「よそ者」の故郷

一九世紀における奴隷貿易の最盛期を除けば、二〇世紀後半および二一世紀の初めにおける人びとの移動は、これまでになく盛んである。労働者、知識人、難民、移民たちが移動し、大洋を渡り大陸を横切って、正式に移民局を通る場合もあれば、ちっぽけなボートに乗って切り抜ける場合もある。経済活動、政治的干渉、また迫害・戦争・暴動・貧困など、移動にはさまざまな理由が挙げられる。地球上のあらゆる人びとの（自発的また意思に反した）再配置が、国家や企業、隣近所や街中において、第一の話題であるのは疑いの余地がない。この移動を統制する政治的操作は、追放された人びとを監視したり、かれらを人質に取ることだけではない。このようなエクソダス（大移動）はたいてい、被植民者の宗主国への旅（いわば奴隷がプランテーションを離れて農園主の館へ向かうようなもの）と見なすことができようが、そのいっぽうで、かれらの多くは戦争難民であり、（より少ない数の者が）グローバリゼーションの展開のための企業の管理者、外交官たちの異動・転入である。さらに軍隊の基地建設と部隊のあらたな配備は、絶えず流れ込んでくる人びとの群れを法的に統制しようとする明らかな企みである。

大移動の光景は不可避的に、注意を境界へ、侵入しやすい場所へ、無防備な場所へ向けさせる。そこでは「よそ者」によって、「故郷（ホーム）」の概念が脅かされているように映る。境界や玄関口にただよう警戒心は、一、グローバリゼーションの脅威と希望、二、わたしたち自身の「よそ者」性との不安定な関係と帰属感の急速な崩壊によって焚《た》きつけられることが多い、とわたしは考えている。

グローバリゼーションから始めよう。今日、グローバリゼーションとして了解されるのは、一九世紀の「英国支配（ブリタニア・ルールズ）」の形態とは違う――もちろんポスト・コロニアルの激変を反映しており、一国家（大英帝国）が多くの諸国を絶対支配していた、当時の名残ではあるのだが。「グローバリゼーション」という用語は、かつてのプロレタリア・インターナショナリズムが掲げた「世界の労働者の団結」という目標を持つものではない――もちろん、そもそも「インターナショナリズム」という言葉じたいの意味はそうだから、AFL－CIO（アメリカ労働総同盟・産業別労働組合会議）の元会長ジョン・スウィニーは、組合代表者首脳会議でこの用語を使用し、アメリカの諸組合は「あらたにインターナショナリズムを構築」する必要があると説いた。それにまたこのグローバリゼーションは、戦後の「一つの世界」への渇望から国連を発足させた論理と同じではない。一九五〇年代を扇動し混乱させて苦しめた巧みな言葉遣いとも違う。またそれは、一九六〇年代・七〇年代の「ユニヴァーサリズム」——世界平和を訴え、あるいは文化的主導権を主張——でもない。「帝国」「インターナショナリズム」「一つの世界」「ユニヴァーサル」——これらはどれも歴史的潮流だったのではなく、渇望の域にとどまっていたように思える。地球が統一され、ある支配基準で囲まれたと見なしたい渇望。あるいはこの惑星の人類の運命が、諸国家のイデオロギーの集まりの、一つの星団から流れ出ていると見なしたい渇望。グローバリゼーションもまた先行者と同じように、同じ欲望・渇望を抱えている。グローバリゼーションにも、歴史的に進歩するもの、高みを目指して統一され、ユートピアになるよう運命づけられたものという了解がある。狭義では、資本の自由な移動と多国籍企業の要請による、政治的に中立的な環境で操作される、情報データと生産品の迅速な分配を意味する。しかしながら、より広義における含意はそれほど単純ではなく、通商禁止国家を悪鬼と見なし、軍閥や汚職政治家との「交渉という矮小化《わいしょうか》」をはかり、それだけでなく、トランスナショナルな経済・資本・労働の影響により国民国家の崩壊を招く。西側諸国の文化・経済の突出化——ファッション・映画・音楽・料理において、アメリカの諸文化を西側諸国に浸透させ、先進国や発展途上国のアメリカ化をはかる。

かつて「明白なる運命」[*1]やインターナショナリズムなどが拍手喝采で歓迎されたその勢いで、グローバリゼーションはわたしたちの想像力の中で声高に叫ばれ、威厳の高みに達した。自由と平等を育むと主張するグローバリゼーションの配剤は崇高ですらある。グローバリゼーションは、影響の範囲（フロンティアを越えて）、対象の人びと（肯定的・否定的を問わず影響を受ける人数そのもの）、速度（新しいテクノロジーの出現）、資源（有限の惑星であるために利用が制限される天然資源や、輸出入される無数の商品やサーヴィス）に関して、適度に広げたり縮めたりすることができる。それでもグローバリズムがまるで新しい救世主に近いもののように崇《あが》められるいっぽう、危険なディストピア（反ユートピア）を招く邪悪なものとしてあしざまに非難されることもある。わたしたちはグローバリゼーションが境界、諸国の社会的生産基盤、各地の官僚政治体制、インターネット検閲、関税、法律、言語を無視するために恐怖を感じているのである。周縁やそこに住む人びとに対しての無配慮や、加速的に抹消化される土地の取り込みや、意味ある差異を平板化してしまうことを恐れる。わたしたちは多様性を嫌悪しているにもかかわらず、「非・区別化」が起こり、近い将来に少数派のあらゆる言語・文化が排除されてしまうのではないかと想像する。あるいは、グローバリゼーションの大展開により、主要な言語・文化が取り返しのつかぬほどに変更され弱体化するとどうなってしまうのかと、恐怖に怯《おび》えながら推測する。

人類の大移動を促すあまたの理由と必然性の中でも、戦争は断然トップの地位にある。故郷を離れた難民の最終的人数——今日の世界における迫害・紛争・蔓延《まんえん》する暴力から逃れてくる人びと（難民や避難所を求める人びとや国内での難民を含めて）——は、ゆうに六〇〇〇万人を超えると推定される。六〇〇〇万人以上の人びと。それに難民の半分は子どもたちである。死者の数はわたしにはわからない。

わたしたちの未来の展望において、最悪の事態が完全に明白にされたわけではないにしても、これらの恐れは文化の時期尚早の死という不吉な警告を発し、グローバリゼーションがよりよい暮らしを保証するという主張を無効にする。

わたしはもう一度、文学を例にして「よそ者（外国人）性」の害悪（毒）について論じたい。とりわけ、一九五〇年代にガーナ人作家（訳者注：トニ・モリスンの記憶違い。カマラ・レイはじっさいはギニア人作家）によって書かれた小説を取り上げ、このジレンマを検討する手段としたい。すなわちフロンティアや境界を神聖なものにする、外側／内側にかかるぼやっとしたもの――現実的で隠喩的で心理的――それは人種主義や人種関係の現在進行中の問題、および帰属を求めるうちに生起するいわゆる文化の衝突、それのみならず国民、国家、市民を定義するときに直面するジレンマである。

こういった諸問題と折り合いをつけるようになったのは、アフリカ人やアフリカン・アメリカンの作家だけではないが、かれらはじっさい、これらの問題に直面した長い特殊な歴史を持っている。自分たちの故郷の土地（ホームランド）で、故郷（ホーム）にいると言えないこと、自分たちが帰属する場所で流浪者になっていること。

この小説を論じる前に、わたしがアフリカ文学を読むようになる、はるか前のことでありながら、「異質のもの（よそ者）」の今日の定義をあれこれ探索するきっかけになった、子ども時代の出来事を述べておきたい。

日曜日に教会の信者席の間を、ビロード布の敷かれた献金皿がいくつか回されていた。最後に回ってきた献金皿は一番小さかったが、おそらく空っぽのままだろう。献金の目的ははっきりしていたにもかかわらず、不況の一九三〇年代ではおそらくさほど期待されていなかった。皿の上に紙幣は一枚もなく、硬貨だけがちらほら置かれていた。それはほとんどが子どもたちからの献金だった。アフリカ救済のためにとても必要な慈善なのだから、一セント硬貨、五セント硬貨はあきらめなさい、とさとされたのだろう。アフリカという名前の響きは美しかったが、その連想からくる複雑な感情があった。飢餓に苦しむ中国とは違って、アフリカはわたしたちのもの、そしてかれらのもの。わたしたちと親密にかかわりながら、きわめて遠い「外国の・異質の」ものだった。わたしたちが帰属するところと言われているが、だれも見たこともなければ、とくに見たいとも思っていない、救済を必要としている巨大な「故郷の土地（ホームランド）」。そこには、わたしたちがお互いに無知と軽蔑を抱き合う、微妙な関係を結ぶ人びとが住んでいる。教科書・映画・漫画や、子どもたちが嬉々《きき》として口にする敵意にあふれた悪口雑言が育んできた、受け身でトラウマを抱えた「他者性」という神話を、かれらと共有している。

のちにアフリカを背景にしたフィクションの数々を読み始めると、ほとんど例外なく、あのビロード布の敷かれた献金皿に付随していた「神話」を練り上げて、誇張したものだということがわかってきた。ジョイス・ケアリー[*2]、エルスペス・ハックスリー[*3]、H・ライダー・ハガード[*4]にとってアフリカとは、まさにあの伝道の献金皿が暗示していたものだった。光を必要とする絶望的な暗黒大陸。キリスト教の、文明の、発展の光を。素朴な善良な心によって点火される慈善の光。それは媒体を通さない「疎外」を認めながら、同時に複雑な親密さがあると仮定される、理念上のアフリカである。宗主国の「長老」という謎めいた存在が、地元の住民を疎外し、地元の話し手をかれらの故郷（ホーム）から追い立て、現地の住民がみずからの故郷の中で亡命を余儀なくされる。そしてそのことがこれらの物語にシュールな光を添え、創造の機が熟した形而上的真空地帯のアフリカを、作家たちが創案するように誘《いざな》う。一つか二つの例外はあるが、文学にあらわれるアフリカは、旅人や外国人にとって、倦《う》むことのない遊園地である。ジョゼフ・コンラッド[*5]、イサク・ディーネセン[*6]、ソール・ベロウ[*7]、アーネスト・ヘミングウェイの作品では、暗黒のアフリカというお決まりの欧米的視点に浸っていようが、それに反対して闘っていようが、主人公たちは、世界第二の大陸をあの献金皿――想像力が作用し、銅貨や銀貨が投げ入れられるのを待つ受け皿――のように空っぽだったと認めている。欧米の粉引き場用の穀物として、言われるがままに沈黙し、都合よく空白で、紛れもなく異国の地であるアフリカは、ヴァラエティに富んだ、文学的かつイデオロギー的、あるいはイデオロギー的必要条件を満たすべく仕向けられうるのである。背景としてのアフリカは、いかなる手柄からも身を引き、あるいは前に飛び出て、あらゆる外国人の災いに自発的に巻き込まれうる。欧米の人びとが邪悪と見なす恐ろしく悪意に満ちた枠型に、身を捻《ね》じ曲げて合わせることさえするし、膝を折り曲げて恭順の意をあらわし、よりすぐれた人びとから初歩的教訓を受けることもある。あのアフリカへ現実的に、あるいは想像上で旅したものは、アフリカと接触し、形成過程初期の原始的な暮らしを経験する刺激に満ちた機会を得た。その結果は自己啓発――いかなるアフリカ文化であれ、そのじっさいの知識を集める責任からは逃れて、ヨーロッパ人が所有権を持つという利点を確認することだった。少しばかりの地理の知識、気候についてはたっぷりと、それにいくばくかの風習と逸話があれば、カンヴァスに描き出す材料としては十分で、より賢明になった自分、より悲哀に満ちた自分、あるいは全面的に折り合いをつけた自分自身を描き出すことができた。一九五〇年代に出版された欧米の小説では、アフリカをアルベール・カミュ[*8]のように「異邦人」と呼んで構わないのだろう。これらの小説は知識を得る機会を提供するが、不可知なことは手つかずのままである。コンラッドの『闇の奥』(一八九九)で、主人公の船長マーロウはアフリカを、かつては広大な「少年たちがすばらしい夢を見る［地図上の］空白の領域」だったが、その後、「川や湖や地名などが」描き込まれ、「(略)［また］魅惑に満ちた神秘を感じさせる空白地帯であることをやめ、(略)暗黒の場所になった」と語る。ようやく知り得た知識も謎に包まれ、忌まわしく、救いがたい矛盾をはらんでいる。想像上のアフリカは測定不可能な「豊穣の角」で、「ベオウルフ」[*9]の怪物グレンデルのようにいかなる説明も拒絶する。このように、相容《あいい》れない過剰な隠喩を文学作品から拾い集めることができる。アフリカは人類の源流の地であり古いのだが、植民地支配のもとでまだ幼児期にある。出産の準備は整っているのになかなか産まれてこない、どの助産師もみな困惑させられる古い胎児のようなもの。いかなる長編、いかなる短編が出版されようと、アフリカには無垢《むく》と腐敗、野蛮と純粋、不合理と分別が混在している。

このように人種の詰まった文学的背景の中で、カマラ・レイ[10]の『王の輝き』（一九五四）と出会って、強い衝撃を受けた。光をもたらすため、あるいは発見するため、お話に出て来る暗黒のアフリカへのお決まりの旅路が、突然、ふたたび想像される。この小説では、西洋との漫然とした交渉を始めるため、徹頭徹尾アフリカの洗練されたイマジズム[11]の言葉を喚起するばかりか、征服者が土着の住民に押しつけているカオスと小児症のイメージが利用される。ジョイス・ケアリーの『ミスター・ジョンスン』（一九三九）で描写される社会的混乱、エルスペス・ハックスリーの『シーカの燃える木々』（一九五九）における臭いの強迫観念。H・ライダー・ハガードの小説群やジョゼフ・コンラッドのフィクション、また欧米の紀行文のほとんどすべてに見られる、ヨーロッパ人の「裸」が意味することへの執着。衣類を身につけない、あるいはほとんどつけていない身体《からだ》は、子どもっぽい無邪気さ、無節操なエロティシズムであり——決して見る側の覗《のぞ》き見《み》趣味を指しているのではない。

カマラ・レイの物語『王の輝き』は、簡単にまとめると次のようになる。ヨーロッパ人のクラレンスが自分でも説明できない理由で、アフリカへやって来る。アフリカで賭博にはまって失敗し、白人の同輩に多額の借金をする。今、この男は現地の人びととの間に紛れ、汚らしい宿屋にいる。植民者用のホテルからはすでに追放され、アフリカ人の経営する宿屋からも追い出されそうなクラレンスは、この一文無しの状態を打開するには、自分の「白さ」「ヨーロッパ性」に頼り、手練手管も使わずにたやすく王のもとへ連れて行かれて、王の役に立つことだと納得する。ところが王に近づこうとすると、団結した村人衆に阻止され、クラレンスの使命は嘲笑される。自分を助けると請け合った一〇代のいたずらっ子ふたりと、狡猾《こうかつ》な物乞いに出会う。かれらの道案内で南へ旅をすると、次の段階では、そこに王が現れることになる。『天路歴程』（訳者注：ジョン・バニヤンの寓意物語。一六七八／八四）に似ていなくもないが、カマラ・レイはクラレンスの旅路によって、ヨーロッパとアフリカの相互に類似する感受性をパロディ化する。

カマラ・レイが適用した「アフリカの文学的あや」は、「よそ者であること」を正確に模写したものである。すなわち、一、おどし。二、堕落。三、不可解性。これらの了解事項を巧妙に扱うカマラ・レイのやり口には感嘆せざるを得ない。

「おどし」。主人公クラレンスは恐怖のあまりマヒ状態になる。「森は開拓され、ワイン産業に利用されている」し、土地は「耕作」され、そこの住人はクラレンスを「心からの歓待」で迎えていると気づいてはいるが、それでも近づきがたさ、「周囲の敵愾心《てきがいしん》」を感じる。抜け出せないめまいを感じ、道はとげのある低木に阻まれているとしか思えない。土地に備わる秩序や透明性が、クラレンスの頭の中に広がるジャングルの脅威と折り合わない。

「堕落」。欧米人が想像する、「土着民になる（ゴーイング・ネイティヴ）」とか、男らしさを危険にさらす、「ふしだらでうんざりさせる弱さ」への恐怖を最大限に表現しながら、堕落の底へ落ちて行くのはクラレンス自身である。同居しつづけるクラレンスの厚かましさ、女々しい服従は、自分自身の欲望と片意地なほどの無知を反映している。やがてその村にムラトーの子どもたちが群がるようになると、この地域に白人はひとりしかいないのに、いったいどこから子どもたちが湧いてくるのだろうと不思議に思う。クラレンスは、明白な事実を拒絶して信じないのだ――すなわち自分が売られて、ハーレムの飾りものになっていることを。

「不可解性」。カマラ・レイのアフリカは暗黒ではない。光がいっぱいある。森の水にあふれる緑の光。ルビーのような赤い色の家々や土。空の「耐えがたい（略）輝く青色」。女漁師に付いているうろこ片でさえ、「消え行く月の光の覆いのように」ちらちら光っている。アフリカ人の動機や感受性――邪悪であり温和――を理解するのは、人間同士には突破できぬ差異があるという考えを、いったん停止するだけのことである。

ある人の故郷（ホーム）を奪い、土着の人びとの権威を失墜させ、帰属の主張を反転させる「よそ者」の、おぼつかない言葉遣いを取り出してみせながら、この小説はわたしたち読者に、仕事も権威も財産も家名もなく、ひとりでアフリカへ移住する白人を体験させる。ところがこの主人公には、いつでも有効に働く一つの財産がある。それは第三世界でしか通用しないもの。自分は白人だ、と主人公は言う。だから王への助言者として文句なしに適任だと。主人公は知らない国で、王を見たこともなく、理解できないし理解したいとも思わぬ住民たちの間にいる。権威ある地位を求め、同輩の侮蔑から逃れる方策として始まったものが、クラレンス自身の再教育の、焼けつくような道程になる。これらのアフリカ人にとって、理解するために重要なのは、先入観ではなく微妙な差異であり、見て推量する能力と意志である。ヨーロッパ人が自分の快適さや生存にかかわらないかぎり、一貫して熟考を拒否していると、そこに待っているのは破滅である。ようやくのこと洞察力がにじみ出て来たと思うと、そのためにかえって無力になったと感じるのだ。小説の中で、このようにある文化が限定されてとらえられ、それが探求されると、わたしたち読者はヨーロッパの支えや保護、あるいは支配を受けないアフリカを、欧米人が体験する「脱・人種化」を理解することになる。周縁にいて、無視され、不必要とされ、「よそ者」とされること、自分の名前が決して呼ばれぬこと、歴史を剥奪され表現を許されないこと、支配的な家族・悪賢い企業家・地域の支配体制の利益のために、労働力が売られ搾取されるとどのような気持ちになるか、わたしたちに「再発見」させ、あらたな想像を可能にさせる。言い換えれば、黒人奴隷になるということ。

それは心をかき乱す遭遇だが、世界規模《トランスグローバル》で踏み込んで来る人びとのわたしたちを動揺させる圧力・圧迫にいかに対処すべきかを教えてくれるだろう。その圧力によってわたしたちは、自分たちの文化・言語に狂信的にしがみつくいっぽうで、他の文化・言語は退ける。時代の流行に沿ってわたしたちを鼻持ちならぬ悪の存在にする圧力。法的規制を設けさせ、追放し、強制的に順応させ、粛清し、亡霊やファンタジーでしかないものに忠誠を誓わせる圧力。何よりもこれらの圧力は、わたしたち自身のなかの「よそ者（外国人）」を否定し、あくまでも人類の共通性に抵抗させるようにわたしたちを仕向ける。

さまざまな試みを経て、カマラ・レイの描く主人公であるヨーロッパ人の中で、ゆっくりと啓発作用が表面化してくる。クラレンスは王に会うという望みをかなえる。ところがそのときには、クラレンス自身も、その目的も変化していた。地元の人びとの助言に抗《あらが》って、クラレンスは裸で玉座へ這《は》いずり寄るが、ついに会うことになった王は黄金に包まれたほんの少年だった。「（自分）の中にある恐ろしい真空」――クラレンスを発覚から守ってきた真空――が今や開かれ、王のまなざしを受けている。この開放性、恐怖のために維持してきた文化的武装が崩壊する、先例のないこの勇気ある行為こそ、クラレンスの救済の始まりである。クラレンスの無上の喜び、クラレンスの自由。少年王がクラレンスを両腕で包み込むと、クラレンスは王の若い心臓の鼓動を感じ、真の帰属を示す洗練された言葉、クラレンスを人類へ迎え入れる言葉を王がつぶやくのを耳にする。「お前を待っていたのを知らなかったのか？」。

謝辞

ハーヴァード大学における、二〇一六年度ノートン連続講演へお招きいただき、嬉《うれ》しく存じます。ノートン委員会のみなさま、ホミ・バーバ、ヘイデン・ゲスト、シルヴァニー・ギュヨー、ロッブ・モス、リチャード・ペニャ、エリック・レントシラー、ダイアナ・ソレンセン、デイヴィッド・ワン、ニコラス・ワトスンに感謝します。

それにわたしの講演の紹介をしてくださった方々へ心よりの感謝を。ホミ・バーバ、デイヴィッド・キャラスコ、クレア・メスユード、ヘンリー・ルイス・ゲイツ・ジュニア、エヴリン・M・ハモンズ、ダイアナ・ソレンセン。

またマヒンドラ・ヒューマニティーズ・センターのスタッフの方々にも御礼申し上げます。とくにハーヴァード大学出版会のジョン・クルカの懇切丁寧な指摘にも。最後に、わたしの助手ルネ・ボートマンが調査・編集を手伝ってくれたことに感謝します。

注

【ターネハシ・コーツによる序文】

＊1　**スヴェン・ベッカート**　ハーヴァード大学教授。歴史学者。『コットン帝国――グローバル・ヒストリー』（二〇一四）でバンクロフト賞を受賞。

＊2　**エドワード・バプティスト**　コーネル大学教授。歴史学者。『語られない半分――奴隷制度とアメリカ資本主義の生成』（二〇一四）。

＊3　**ジェイムズ・マクファーソン**　プリンストン大学名誉教授。歴史学者。『自由への叫び――南北戦争の時代』（一九八八）でピューリッツア賞を受賞。

＊4　**エリック・フォーナー**　コロンビア大学名誉教授。歴史学者。『業火の試練――エイブラハム・リンカンとアメリカ奴隷制』（二〇一〇）でピューリッツア賞・バンクロフト賞などを受賞。

＊5　**ベリル・サッター**　ラトガース大学教授。歴史学者。『家族の所有地――人種・不動産・都市の黒人搾取』（二〇〇九）。

＊6　**アイラ・カッツネルスン**　コロンビア大学教授。政治学および歴史学者。『恐怖――ニューディールとわれわれの時代の源』（二〇一三）でバンクロフト賞を受賞。

＊7　**カリル・ギブラン・ムハマド**　ハーヴァード大学教授。歴史学者。『ブラックネスの糾弾――人種・犯罪・今日のアメリカの都会の創生』（二〇一一）。

＊8　**ブルース・ウエスターン**　コロンビア大学教授。社会学者。『アメリカの刑罰と不平等』（二〇〇六）。

＊9　**バーバラ・フィールズ**　コロンビア大学教授。歴史学者。『レイスクラフト（人種狩り）』（二〇一二）の共著者。
＊10　**キャレン・フィールズ**　歴史研究者。『レイスクラフト（人種狩り）』（二〇一二）の共著者。
＊11　**ネル・ペインター**　プリンストン大学名誉教授。歴史学者。『白人の歴史』（二〇一〇）。
＊12　**二度にわたる泥沼戦争**　二〇〇一年のアフガニスタンおよび二〇〇三年のイラク攻撃を指す。
＊13　**ハリケーン・カトリーナ**　二〇〇五年にアメリカ南部を襲ったアメリカ観測史上最大級の超大型ハリケーン。

【第一章】
＊1　**ダグラス・ホール**　一九二〇－九九。アメリカの著述家。西インド諸島大学名誉教授。著書に『みじめな奴隷制度のもとで』（一九八九）。
＊2　**サミュエル・ピープス**　一六三三－一七〇三。一七世紀イギリスの官僚で、書物や音楽を愛した。詳細な日記を残したことで知られる。
＊3　**ハリエット・ビーチャー・ストウ**　一八一一－九六。アメリカの小説家。代表作である『アンクル・トムの小屋』（一八五二）はアメリカ社会に大きな影響を与えた。奴隷制度廃止のために尽力。
＊4　**サイモン・レグリー**　『アンクル・トムの小屋』に登場する南部の農園主。
＊5　**ジョリー・A・シェファー**　ボーリング・グリーン州立大学准教授。『人種（レイス）のロマンス――合衆国における近親相姦・異人種間混交・多文化主義　一八八〇－一九三〇』（二〇一三）。

【第二章】

＊1　**フラナリー・オコナー**　一九二五―六四。アメリカの作家。代表作に『善人はなかなかいない』（一九五五）など。アメリカ南部を代表するカトリック作家で、短編の名手としてもよく知られる。

＊2　**ブルース・ボーム**　ブリティッシュ・コロンビア大学准教授。政治学者。人種、フェミニズム理論などの社会理論が専門。

＊3　**ジャン＝ポール・サルトル**　一九〇五―八〇。フランスの哲学者、文学者。代表作に『嘔吐（おうと）』（一九三八）など。実存主義の代表的思想家で、一九六四年にノーベル文学賞を辞退した。シモーヌ・ド・ボーヴォワールとは私的な生活も含め、行動を多く共にする。

【第三章】

＊1　**ウィリアム・フォークナー**　一八九七―一九六二。アメリカの作家。代表作に『響きと怒り』（一九二九）、『アブサロム、アブサロム！』（一九三六）など。アメリカ南部の因習的な世界を描き、その重厚かつ複雑な作風は後のアメリカ文学に多大な影響を与えた。一九五〇年、ノーベル文学賞を受賞。

＊2　**アーネスト・ヘミングウェイ**　一八九九―一九六一。アメリカの小説家。代表作に『日はまた昇る』（一九二六）、『武器よさらば』（一九二九）など。簡潔な文体で、のちにハードボイルドの元祖と言われる。一九五四年、ノーベル文学賞を受賞。

＊3　**ムラトー**　白人と黒人の混血を指す言葉。

【第五章】

＊1　スティーヴン・ワイゼンバーガー　サザンメソディスト大学デッドマン・カレッジ教授。アメリカ文学・文化研究。人種と奴隷制度などをテーマにする。

【第六章】

＊1　明白なる運命　一八四〇年ころから使われ始め、アメリカの領土拡張は神からの使命であると見なす考え。

＊2　ジョイス・ケアリー　一八八八―一九五七。イギリスの作家。代表作に『ミスター・ジョンスン』（一九三九）など。西アフリカを舞台にした小説を多く発表。植民地体験がその文学の核を形成する。

＊3　エルスペス・ハックスリー　一九〇七―九七。イギリスの作家、ジャーナリスト。代表作に『シーカの燃える木々』（一九五九）など。ケニアで過ごした幼年期の経験をもとに多くの著作を発表。

＊4　H・ライダー・ハガード　一八五六―一九二五。イギリスの大衆作家。代表作に『洞窟の女王』（一八八七）など。アフリカを舞台にした冒険小説を多数発表。そのオカルト的作風が当時の読者には新鮮だった。

＊5　ジョゼフ・コンラッド　一八五七―一九二四。ポーランド生まれのイギリスの作家。代表作に『闇の奥』（一八九九）など。海洋文学で名高く、暗いペシミスティックな作風が特徴。

＊6　イサク・ディーネセン　一八八五―一九六二。デンマークの作家。代表作に『アフリカの日々』

（一九三七）など。本名カレン・ブリクセン。デンマーク語・英語の両方で執筆。アフリカ体験を核に、北欧の魂とアフリカの自然との触れ合いを描く。
＊7　**ソール・ベロウ**　一九一五―二〇〇五。アメリカの作家。代表作に『オーギー・マーチの冒険』（一九五三）など。一九七六年、ノーベル文学賞を受賞。
＊8　**アルベール・カミュ**　一九一三―六〇。フランスの作家。代表作に『異邦人』（一九四二）など。一九五七年、ノーベル文学賞を受賞。サルトルと並び称される実存主義思想家。当時フランスの植民地だったアルジェリア生まれ。植民地主義を鋭く批判。
＊9　**ベオウルフ**　中世イギリスの英雄叙事詩。作者不詳。
＊10　**カマラ・レイ**　一九二八―八〇。ギニアの作家。代表作に『アフリカの子』（一九五三）など。国際的評価を受けたアフリカ人作家。
＊11　**イマジズム**　一九一二年ころ英国で起こった写象主義。T・E・ヒューム、E・パウンドなどが中心となる。心象の明確さを重視する。

訳者解説――トニ・モリスンとアメリカ社会

I 「アメリカの黒人」とは

『「他者」の起源』という本書で、著者トニ・モリスンは、アメリカ合衆国とはいかなる社会であるのか、文学を通して、またさまざまな遭遇を通して「他者」とはなにかを問い、その関係性を分析し、アメリカ社会の理解を深めようとしています。

モリスンは、一九九三年にノーベル文学賞を授与された最初のアフリカン・アメリカンの作家ですが、小説作品を書くばかりでなく、アメリカ社会の成り立ちと現状に深く関心を持ちつづけ、これまでの既成概念をくつがえす論考を発表しています。

アメリカ文学史のとらえかたや、アメリカ文学を代表する、一九世紀のいわゆるアメリカ・ルネサンス期の作家をあらたに分析する、その根源的発想の斬新さと巧みさには目を見張るものがあります。さらに、アメリカ植民地、独立革命後のアメリカ合衆国がいかに築き上げられてきたのか、建国の理念である民主主義や自由や個人主義について問い直す姿勢は、まさに革命的だと言えるでしょう。

ところがモリスンのその発見や思想は、これまでほとんどアメリカ文学研究者に限られて、しかもアフリカン・アメリカン文学の研究をしている者たちに限られて読まれてきたきらいがあります。それはとても残念なことです。なぜなら二〇世紀後半から二一世紀の今日にかけて活躍しつづけているモリスンの小説作品や論考を抜きにして、アメリカ文学史を語ることは不可能であるばかりでなく、それ以上にモリスンの発想と主張を抜きにして、今日のアメリカ社会を理解することはできないからです。

モリスン自身がアフリカン・アメリカンであるために、とくに感じ取り発見できるのだと言えるのですが、その論考を読むと、アメリカ社会における「アフリカ」について知ることこそ、今日のアメリカ社会を知ることに繋《つな》がるのだとわかります。

モリスンが、本書のはるか前に著した『暗闇で戯れて』（一九九二。*playing in the dark*）

で論じているモリスン自身の造語、「アメリカン・アフリカニズム」という表現は、わかりにくいかもしれません。それはアメリカを歴史的に支配してきたヨーロッパからの植民者とその子孫たち、すなわち白人によって生み出されてきたのです。「アメリカン・アフリカニズム」とは、アフリカ人のように見えるけれどもアフリカ人ではないアメリカ合衆国に住む人びとが、どのようにその立場に置かれるようになったのかを探究することです。それを探究する一つのイデオロギー（思想）、ものの見かたと言い換えていいかもしれません。

「アメリカン・アフリカニズム」とはじっさいのアフリカ大陸に表象される「アフリカ」を指しているのではありません。「新世界」にアメリカ植民地が創生されて以来、アフリカ大陸から強制的に連れて来られた人びとがそこに居住するようになりますが、この言葉はそのような人びとの存在を認識することであり、かれらを取り巻くヨーロッパからのアメリカ植民者たちとの関係、およびその背景をなす思想や両者のかかわりによって生じる現象を認識することです。

「アメリカン・アフリカニズム」とは、アメリカ合衆国にのみ見られるという特異性を備えた、きわめてアメリカ的なイデオロギーであり現象です。モリスンはまた「アメリカの黒人」およびかれらにかかわる事柄を「アフリカニスト・プレゼンス」と表現したりもしますが、それは非白人で、アフリカ人のようでもありながらそのものではない、アメリカに見られる「存在」を指しています。

わたしはアフリカン・アメリカンを指示するときに、日本語で「アメリカの黒人」という表現を使うことがあります。『黒人のアメリカ——誕生の物語』（ちくま新書、一九九七）で論じたかったのは、アメリカ合衆国に住む黒人がきわめて特殊な立場に置かれていて、アフリカ大陸に住む黒人とは区別しなければならないこと、「アメリカの黒人」は、アメリカの支配者層であった白人とその社会によって、歴史的に創造されてきたという現実についてでした。「アメリカの黒人」は、アフリカの黒人たちと同じ土俵に立ってはいないので、それをひと括《くく》りに黒人とまとめて論じることは不可能だということを主張したかったのです。

たとえば二〇〇八年の大統領選挙では、民主党のバラク・オバマが選ばれ、アメリカ史上初めての黒人大統領と騒がれました。オバマが民主党の候補に確定すると、「アメリカの黒人」たちは狂喜して拍手を送り、当選するとその快挙を心からたたえました。トニ・モリスンもそのひとりです。最初は泡沫《ほうまつ》候補でしたが、以前にみずからも大統領予備選挙に立候補したことのある、牧師で黒人運動指導者のジェッシー・ジャクソン（一九四一―）は、オバマの大統領選出に滂沱《ぼうだ》の涙を流し、感激にひたるその姿がテレビ画面に映し出されました。かつてジャクソンは、バラク・オバマを批判したこともあったのですが、自分自身は選ばれなかったけれども、次世代のオバマが代わりに大統領になってくれたという喜びを、素直にあらわしていました。オバマが黒人大統領であるのは事実ですから、それも当然のことだったでしょう。

たしかにバラク・オバマは、肌の色の黒いアメリカ国籍のアメリカ人でした。ただし、一般の「アメリカの黒人」とは決定的に異なる点がありました。

オバマの父親は黒人でしたが、アフリカ大陸に生まれ育ったケニア人でした。アメリカ合衆国の元奴隷を先祖に持たないという点で、オバマは一般のアフリカン・アメリカンとは、決定的に違っていたのです。それこそ同じ土俵に立っていないのです。だからこそ白人社会も黒い肌のオバマを受け入れやすかったのかもしれません。オバマは、結婚相手にミシェルという、シカゴの貧民街サウスサイド生まれのアフリカン・アメリカンを選びました。ミシェルは黒人ゲットーの出身でしたが、頭脳明晰《めいせき》、成績優秀で自分の道を切り開き、高等教育を受けて専門職に就いた人です。ミシェルのおかげで、オバマはアメリカの黒人社会にも比較的たやすく受け入れられていったのでしょう。

アメリカ合衆国の中で奴隷制度をくぐって来た「アメリカの黒人」と同じようにアフリカ大陸から強制的に連れて来られても、西インド諸島で奴隷になった先祖を持ち、のちにアメリカ合衆国へ移民してきた黒人、たとえばバルバドスやジャマイカ、ハイチなどの出身者との間には、アメリカ社会において明らかな断絶があると言われています。前からいたアフリカン・アメリカンに対し、新参者のかれらにはいささかの習慣の違い、食文化の違いがあるのです。ちなみにトニ・モリスンは結婚によりふたりの息子を産みましたが、のちに離婚した子どもたちの父親はジャマイカの出身でした。

わたしたち外部の者にはわかりにくいかれらの対立は、たとえば女性作家ポール・マーシャル（一九二九―）が、ニューヨークのブルックリンに住むバルバドスからの移民たちを題材にして、第一作『ブラウン・ガールと褐色砂岩の家』（一九五九）で描き出していま す。マーシャルの父親はバルバドスからの移民でした。

アメリカの黒人社会といえども一枚岩ではありません。アメリカ社会を理解するためには、そのことにも心を留めておくことが必要です。

「アメリカの黒人」は、かならずしも肌の色が黒い人を意味するのではありません。いわゆる「一滴の血」という歴史的に認められてきた法的根拠によって、アメリカ合衆国では黒人の血が一滴でも入っていれば、黒人というカテゴリーに入れられてきたのです。そのため中には肌の色が薄い、すなわち白人の血がたくさん入っている人で、一見、白人にしか見えない人びとがいます。それでもかれらの先祖をたどり、どこかに黒人の先祖がいれば、その人は黒人と見なされています。それは、二一世紀の今日のアメリカ社会においても通用している了解事項です。

さらにつけ加えておくと、奴隷制度のもとでは、白人の農園主たちは奴隷女と関係を持ち、奴隷を増やすことが奨励されたところがあります。奴隷は財産で、完全な人間とは見なされず、奴隷女から生まれた子どもも奴隷と見なされましたから、農園主は自分の財産を増やすためにも関係を持ったのです。奴隷貿易が批判されるようになり、次第に奴隷の買い値が高くなると、自分の農園内で財産を増やすことのできるこの方法は、大農園経済にとって大変便利で功利的だったのです。

農園主が父親で、半分は白人の血を引いていたとしても、決して白人とは見なされませんでした。かれらの子孫たち、今日の「アメリカの黒人」は、このような奴隷時代の歴史的共通体験を持っています。今日でも自分の先祖が奴隷だったという事実をかれらは忘れてはいません。自分たち自身はもはや奴隷ではありませんが、先祖は「奇妙な制度」と呼ばれた奴隷制度のもとに、人権を無視されていたという歴史的記憶は残っています。かれらはアメリカ社会に根強く残る差別の構造の中で生まれ、見えない歴史的共同体験を抱えながら日常生活を送っているのです。

差別の構造の中に組み込まれるかれら「アメリカの黒人」は、日常生活においてさまざまな面で不利益をこうむります。今日でも警察の暴力が取りざたされています。肌の色の黒い者、あるいは先住民インディアンのように茶褐色の者など、白人でない人びとは、交通違反ですらより厳しく取り締まられる傾向があると言われています。トニ・モリスンもそのことについて本書で言及しています。

そのため肌の色が薄く、一見、白人に間違われる「アメリカの黒人」は、「パッシング（白人として通ること）」と言って、黒人の出自を隠し、黒人社会と決別し、白人になりすまして白人社会へ入って行くということが、一九世紀後半からとくに二〇世紀の前半にかけて頻繁に行われました。

自分の本来の姿を隠しながら生きることの精神的負担は計り知れません。結局は、白人社会で心の安寧が得られず、かといって黒人社会に戻ることもできずにかれらは苦悩するのです。「パッシング」をしたものの、そのために自滅していった人びとが、じっさいたくさんいたのです。「パッシング」は、文学作品のテーマになって、とくにアフリカン・アメリカンの作家たちがさまざまに描き出しています。

トニ・モリスンは、第一作の『青い眼がほしい』の中で、一九三四年に製作された映画「イミテーション・オブ・ライフ（偽の人生）」をさりげなく挿入しています。これは肌の色の薄い娘が、肌の色の黒い母親を否定し、いわば黒人社会を拒否して「パッシング」をする物語です。
「パッシング」がアメリカ社会で、過去の出来事になっていないことは、二一世紀になってもそれをテーマにした文学が発表されていることからも明らかです。フィリップ・ロス（一九三三―二〇一八）の『ヒューマン・ステイン（人間の汚れた色）』（二〇〇〇）は、二〇〇三年に映画化されました。邦題「白いカラス」として公開されたこの映画は、アメリカの人種問題を複層的に描き出し、評判になりました。ここでは「アメリカの黒人」だけではなく、ユダヤ人の問題も扱われています。ユダヤ系アメリカ人であるロスは、主人公のモデルになった人物がじっさいにいて、事件もじっさいにあったことだと、のちに長い説明の文章を発表しています。

一八六五年に南北戦争が終結し、奴隷制度が廃止されてから、白人にとって「アメリカの黒人」が問題になっていきます。それまでは、奴隷として人間とは認めないようにしてきたアメリカの支配者たちでしたが、奴隷制度廃止が正式に憲法修正条項として成文化されると、かれらをアメリカ市民として認めなければならなくなります。それは多くのアメリカ市民にとって受け入れがたいことでした。

そのため「ジム・クロウ法」と呼ばれる黒人差別の法律が南部の諸州で制定されていきます。異人種間の結婚の禁止、公共交通機関での乗車の権利、待合室や水のみ場の白黒分離、公立学校への黒人の入学拒否など、日常的なさまざまな場面で黒人を除外し、差別するのです。それが是正されるのは、奴隷解放令が出てから一〇〇年後の一九六四年です。この年の公民権法の成立により、「アメリカの黒人」に白人と同様の市民の権利が認められることになったのです。けれども選挙法の成立のためにはそれからまた一年待たねばなりませんでした。

公民権法の成立、選挙法の成立によって、それでは「アメリカの黒人」は、アメリカ市民とまったく同じになったのでしょうか。

今でもかれらは区別されています。決して「アメリカ人」になってはいないのです。それはかれらがアフリカン・アメリカンと呼ばれている点に、すでに如実にあらわれているでしょう。

同じようなことが先住民インディアンについても指摘できます。かれらは今、ネイティヴ・アメリカンと呼ばれ、それが中立的で差別していない呼称とされています。けれどもそれは白人側の論理で決定されたのであり、かならずしもかれらがネイティヴ・アメリカンと呼ばれたいと希望したのではありません。ですから今でも自分たちをたとえばアラスカ・インディアンと呼ぶなど、インディアンという呼称を入れて自己同定する人びとはたくさんいます。

なぜこのように呼称の問題があるのでしょうか。

それは何と言っても、「アメリカ人」とは旧世界の、主に英国から渡って来た人たちのことで、一八世紀にはアメリカ合衆国の建国を担った人びと、アメリカの基盤をなした白人を指すという認識が消えてなくならないからでしょう。二〇世紀後半でも、アメリカ合衆国はＷＡＳＰ（ホワイト、アングロ・サクソン、プロテスタント）が牛耳っていると言われつづけていました。

でもじっさいは、アメリカ植民地建設の初めから、黒人奴隷の労働力が求められ、アメリカを建設したのは白人だけではなかったのです。一六一九年にはすでにアフリカ大陸から強制的に黒人が連れて来られたという記録があります。トニ・モリスンが主張するのもその点です。黒人は最初からアメリカ建設に従事していたのだと。けれども支配者層だけがアメリカ人であり、ほかの者は非アメリカ人と認識されているのは、おかしいのではないかと。

一九七〇年代には、しばしば「ハイフン付きアメリカ人」という言葉が使われました。アフロ・アメリカン、アイリッシュ・アメリカンなど。英語表記をするときには、二つの単語の間にハイフンを付けたためにこう呼ばれたのですが、アングロ・アメリカン（英国系アメリカ人）というハイフン付きで呼ばれることは、一般にほとんどありませんでした。肌の色が白くても、アイルランド系であったり、ユダヤ系であったりすれば、かれらもまた社会的差別を受けていました。一九六〇年代に入っても、ユダヤ系アメリカ人でさえホテルの予約が取りにくかったり、さげすみの目で見られたりという経験をしています。

ハリウッドの俳優の中にはユダヤ系も多く、カーク・ダグラスしかり、トニー・カーティスしかり、ローレン・バコールしかりです。アメリカ社会に受け入れられるために、かれらのように英国風の名前に変えている人たちがたくさんいます。

いくらハイフンを付けながら、アメリカを取り入れたといっても差別の構造の解体にはなりません。ハイフン付きにすることじたいに問題があるからです。

「アメリカの黒人」はなぜハイフンなしの「アメリカ人」にならないのでしょうか。

肌の色が白いロシア人、ポーランド人、イタリア人などは、やがて肌の色によってカテゴリー化され、白人の分類に納まり、お互いに違和感を覚えずにアメリカ人になっていきます。それをモリスンは、皮肉を込めて言っています。かれら東欧や南欧からの移民たちは、アメリカへ渡って来ると、故郷では思いもよらなかったものになることが要請されると。自分が白人であることを意識させられるのです。それがアメリカ人であることの証《あかし》なのですから。

ところがジャパニーズ・アメリカンやチャイニーズ・アメリカンは肌の色が違うために、アメリカ人とは呼ばれにくいのです。日本ではアメリカへ移民していった日本人を日系人と呼んで区別していますが、かれらはアメリカでは「日本人（ジャパニーズ）」と呼ばれつづけ、アメリカ生まれの二世でアメリカ市民権を持つ者ですら、やはり「日本人」でした。

それが変化していくのは、六〇年代後半から七〇年代になってからのことです。何といってもヴェトナム戦争がきっかけです。ヴェトナム戦争泥沼化の中で、エスタブリッシュメントへの反抗、既成の価値観への疑問など、保守的なアメリカが批判されていきます。若者たちの新しいものの見かたが強く支持されるようになります。ヒッピー文化と称される自由奔放なライフスタイルを若者が実践し、ブラック・パワーの活動が盛んになります。「黒は美しい」と唱えていたのはこの時期です。

モリスン自身が、「(この国では) アメリカ人とは白人のことを指し、アフリカニストたちはハイフンを付けつづけて民族性をあらわし、どうにかアメリカ人という呼称を自分に当てはめようとしている」と述べています（『暗闇で戯れて』。以下引用元は『暗闇』と省略）。ハイフンを付けつづけてというのは、かつて奴隷であったかれら「アメリカの黒人」は、今日のアフリカン・アメリカンという呼称に落ち着くまでに、さまざまな呼称が試されてきたからです。

奴隷たちはまったく除外されていますが、一九世紀の中ごろには、自由黒人たちをアングロ・アフリカンというハイフン付きで呼んだことがあります。いっぽうで白人がかれらを指すときに、ブラックやダーキーは蔑称であるからと、カラード（有色の）がいい、ニグロがいいという時代がありました。

一九七〇年代は、アフロ・アメリカンという呼称が圧倒的に流通した時代で、アフロ・ヘアーと呼ばれる髪形がはやったのはこの時期です。そして今日でさえ、いやブラックがいい、いやアフロ・アメリカンが自分にはしっくりくるなど、呼称に関して「アメリカの黒人」にはそれぞれの考えと感じかたがあります。アフリカン・アメリカンという呼びかたが全面的に支持されているわけでもないのです。

このようにハイフン付きにしたところで呼称の問題は何も解決しません。

なぜアフリカン・アメリカンと呼ぶのでしょうか。ただのアメリカンではいけないのでしょうか。

「アメリカの黒人」と話していると、自分たちを「アメリカ人」と主張する人びとは少ないように思われます。とくに白人たちの前で、自分たちはあなたたちと同じアメリカ人であり、「わたしたち（ウィ）」として同等の立場にいると主張するのをはばかるような、ある種の遠慮が感じられます。「アメリカの黒人」が「わたしたち」と言うときには、白人を含めたアメリカ人を意味しているのではなく、「一滴の血」によってカテゴリー化される「アメリカの黒人」を意味することが多いのです。

かれらは何百年にもわたって、自分たちは白人とは異なる、劣った人種であると言われつづけてきました。「二等市民（denizen）」であり、白人とは人種的に平等ではないと強引に納得させられつづけてきたのです。アメリカの各地に建設されている、たとえば第一次世界大戦の戦争記念碑には、戦死した兵士の名前が列記され、白人兵士の名前の後に、「ニグロ人種」として黒人兵士の名前が並んでいることがあります。かれらは白人とは違う「人種（レイス）」であると刻まれてきたのです。


本書の最後の章でモリスンは、一九三〇年代のアメリカ中西部に暮らした少女時代の体験を記しています。

一九二九年の世界大恐慌に始まるこの時期は、不況の一〇年と言われました。一九三一年に生まれたモリスンは、ほんの少女でした。ある日曜日、教会の礼拝堂で信者たちの間にビロードの布が敷かれた献金皿が回ってきます。それはアフリカ救済のための献金を募るものでした。

少女のモリスンは、「アフリカ」という言葉の響きの美しさに特別な感情を抱きます。それと同時に複雑な思いに駆られます。自分たち「アメリカの黒人」にとって、「アフリカ」は奇妙な結びつきがある外国でした。「飢餓に苦しむ中国」を救済するというのと並んで考えられる外国ではありません。ところが自分たち「アメリカの黒人」と「アフリカ」は、結びつきがあると心に刻み込まれ、親しい場所のように思い込まされているにもかかわらず、やはり「決定的に外国」であったのです。自分たちが帰属する、広大な領域を占める「故郷の地（ホームランド）」と教えられてはいても、だれも見たこともなく、また見たいとも思っていない。そこに住む人びとと自分たちは、お互いを知らず、知ろうとも思っていない。

この文章に、三〇年代においても「アメリカの黒人」の祖国はアフリカだという暗黙の了解があったことがわかります。アメリカ社会において、そのような教育がなされてきていたのでしょう。

「アフリカ」という響きが琴線に触れたという少女の感覚が、やがてトニ・モリスンに本書を書かせることになった原点と言えるのではないでしょうか。

Ⅱ　モリスンの『暗闇で戯れて』

本書『「他者」の起源』を理解するにあたって、その前段階の著書である『暗闇で戯れて』について、どうしても説明しておかねばなりません。モリスンの思考の流れを追ってみることによって、アメリカ社会で何が問題であるのかが、よくわかってきます。

本書は、二〇一六年にハーヴァード大学で行われた六回にわたる連続講演、「帰属の文学」という演題の「ノートン・レクチャー（ノートン連続講演）」を原稿にしたものです。『暗闇で戯れて』もまた、一九九〇年、ハーヴァード大学の「マッシー・レクチャー」に招かれて行った連続講演の原稿をもとにして単行本にしています。

『暗闇で戯れて』の中で、モリスンは、アメリカ文学史を見直す視点を披露し、その見解を発表します。「白さと文学的想像力」という副題がついていますが、アメリカ文学のカノン（規範）と見なされている白人作家による作品を取り上げて分析しています。

モリスンの主張は、アメリカ文学の主要テーマである、個人主義・男らしさ・イノセンス（無垢《むく》）などは、すべてその背後に、あるいは並んで存在している「アフリカニスト・プレゼンス」に対する反応であるということです。

アメリカ文学の構築者と見なされている白人作家たち、エドガー・アラン・ポウ（一八〇九―四九）、ハーマン・メルヴィル（一八一九―九二）、ナサニエル・ホーソーン（一八〇四―六四）など、かれらの作品群が持つ力はまさに「黒さの力」なのだという主張です。アメリカ社会は、歴史的に「人種化」している社会であり、白人以外の民族的背景を持った人びとを抜きにして、アメリカ文学は成立しないと強調します。

わたしたちはダニエル・デフォー（一六六〇―一七三一）の『ロビンソン・クルーソー』（一七一九）を思い起こすことができます。無人島に漂着したひとりの白人ロビンソンの前に、隣の島に住む肌の色の黒い男が現れて、そこで初めてこの白人は、自己の存在理由を確立するのです。フライデイと呼ばれるようになった黒い肌の男と主従関係を結び、主人公の白人は自己の安定を得ます。

モリスンはそれと同じように、アメリカ社会の白人も黒人奴隷という「アフリカニスト・プレゼンス」があって初めて、自分の存在理由を確立していると主張します。

アメリカ人であること、「アメリカ性（アメリカンネス）」とは、すなわち白人であることであり、それがアメリカ人のアイデンティティであると歴史的に規定されてきていますが、それにモリスンは大きな疑問符を投げかけたのです。じっさいは、「アフリカニスト・プレゼンス」があって初めて「アメリカ性」が成り立つという逆説的な主張です。そもそもの始まりから、アメリカ社会における「おおやけの言説」に、「アメリカの黒人」はかかわってきたのです。憲法・選挙権・公立学校・国会議員・判事の資格や規定には、かならずや黒人の背景がありました。その存在を考慮に入れながら、「おおやけの言説」が決定されていったのです。

これはそれまでに考えも及ばなかった革命的な指摘でした。

たしかにアメリカの建国の歴史を振り返ると、建国の父祖と呼ばれている人びと、ベンジャミン・フランクリン、ジョージ・ワシントン、トマス・ジェファソン、ジョン・アダムズなどに代表されますが、かれら白人が、アメリカ合衆国の基礎になる文書である独立宣言を起草し、憲法を制定していきました。これらアメリカ合衆国の基本を決定する文書は白人によって書かれていますが、そこにもすでに「アフリカニスト・プレゼンス」があるとモリスンは指摘します。決して「レイス・フリー（人種に束縛されない）」ではないと。「人種的不誠実さ」「道徳的脆弱《ぜいじやく》さ」（『暗闇』）を白人指導者たちが抱えていたために、国家建設のときから、「暗号化された言語」（『暗闇』）が使われていたのです。それらの文書でさえ「人種的に屈折した言語」（『暗闇』）から、逃れられてはいない、とモリスンは断言し、わたしたちの考えかたを根源的に是正しようとしています。

建国の父祖たちが頭を悩ませた問題の一つは奴隷制度でした。

自分自身が大農園主であり、奴隷を所有している建国の父祖は一二人ほどいたと言われています。そのひとり、トマス・ジェファソンは、『ヴァージニア覚え書き』（一七八五）の中でこの問題に関して述べています。すなわち、かれらの意識の中に、アメリカに存在する「アフリカニスト・プレゼンス」が確実にあったのです。

わたしが一番「アフリカニスト・プレゼンス」を感じるのは、逆説的ですが、その不在においてです。あるいは「アフリカニスト・プレゼンス」への言及を無視する、かれら白人支配者たちの姿勢の中にです。

アメリカ合衆国憲法をひもといてみましょう。

合衆国憲法第一条第二節第三項は、合衆国議会に関するもので、下院議員の選出基準を制定しています。

「下院議員の数および直接税の徴収額は、この連邦に加入する州に対して、その人口に応じて配分する。各州の人口は、自由人の総数に、その他のすべての者の数の五分の三を加えることにより算出する。ただし、自由人には、一定の期間役務に服する者を含み、課税されていないインディアンを除くものとする」

この文言のどこにも奴隷という表現はありません。けれども「五分の三」と数えられる「その他のすべての者」が奴隷を指しています。自由人のうち「一定の期間役務に服する者」というのは、年季奉公人を指し、かれらはすべて白人であり、年季が明ければそれまで自由人と認められていた人びととまったく同じ法的立場になりました。

あるいは、第四条第二節第三項は、連邦制に関する条項ですが、そこでは次のように記されています。

「ある州において、その法律に基づき役務または労働の義務を有する者は、他の州に逃亡した場合であっても、逃亡した先の州の法律または規則により、その役務または労働から解放されることはない。また、逃亡した者の身柄は、その役務または労働に対して権利を有する者の請求により、これを引き渡さねばならない」

ここでも奴隷という言葉は使われていません。

このような「アフリカニスト・プレゼンス」を指示する表現を避けている姿勢、そこにこそ建国の父祖たちの、本来の意識の隠蔽《いんぺい》をうかがうことができるのです。

アメリカ合衆国には、奴隷という身分で規定され、そのように呼ばれていた人びとが存在していたにもかかわらず、その表現は憲法では使用されていません。

憲法で奴隷という言葉が初めて使用されるのは、「再建修正条項」と称される、南北戦争後の憲法修正第一三条（一八六五）においてで、ここに「奴隷制度の廃止」という表現が出て来ます。そして修正第一四条第四節（一八六八）の「合衆国の債務の効力」に関するところで、「合衆国またはいかなる州も、合衆国に対する暴動または反乱を援助するために生じたいかなる債務、もしくは負債、または奴隷の喪失もしくは解放を理由とする請求を引き受け、またはこれに対して支払いを行ってはならない」と、ここで初めて奴隷制度ではなく、「奴隷」という表現が見られます。

白人側のこの巧みな回避の姿勢にこそ、かれらの隠蔽の構造が逆説的に明らかになっているのではないでしょうか。「アメリカン・アフリカニスト」の存在を、かれらは初めから強く認識していたのです。

トニ・モリスンが掘り起こすのは、このような歴史的な「アメリカン・アフリカニスト」の存在の隠蔽の構造です。建国の最初から白人による「アメリカン・アフリカニズム」の精神構造が築かれていたのです。かれらは意識しながらなぜ隠さねばならなかったのだろうか。おそらく「アメリカの黒人」の存在を無視しないかぎり、独立宣言に記されている「すべての人間は平等に造られている」「生命・自由・幸福の追求」という建国の基本理念に矛盾が生じるからなのでしょう。

モリスンは国家の建設のために、このような隠蔽が必要であったと述べています。「不安定なままの、(信念を) 揺るがす人口」(『暗闇』) の存在があったため、「人種的不誠実さ、道徳的脆弱さ」(『暗闇』) に対処するべく、意図的な隠蔽が国家建設に不可欠であった、と考えるのです。

モリスンは、そこでアメリカ文学のいくつかの作品を取り上げて分析しています。アメリカ文学においてアメリカン・ヒーローとは、普通の人より秀でた性格の持ち主であり能力の持ち主です。親、とくに父親や他人に依存するのではなく、自己を頼り、人生で遭遇するさまざまな困難を自分の才覚で乗り越えていきます。

父親不在のヒーローというのは、アメリカそのものの象徴でもあるのです。アメリカ人は旧世界という祖国を捨て、家族を捨て、新世界のアメリカへ渡って来た「孤児」なのです。かれらはそのためひとりで奮励努力し、独立心が強く賢い判断もしていきます。「自己信頼」の精神で自由で豊かな人生を求める、このような人物がアメリカの通例のヒーロー像です。もちろんヒーローになるのは白人の男です。

アメリカン・ヒーローに備わる性格は、すべて個人の資質から生まれ出て来るもの、その努力から形成されたものと読者は信じ込まされてきました。ところがモリスンは、そうだろうか、と疑問を投げかけます。ヒーローの独立心や個人主義が自己を形成していくのだ、という通例の考えかたはアメリカ社会においてはありえないと。

モリスンは、いくつかのアメリカ文学作品を取り上げます。エドガー・アラン・ポウの唯一の長編とされる『アーサー・ゴードン・ピムの航海』(一八三八。以下『ゴードン・ピム』と省略)、マーク・トウェインの『ハックルベリ・フィンの冒険』(一八八四。以下『ハック・フィン』と省略)、ウィラ・キャザーの『サッファイラと奴隷の少女』(一九四〇)、ヘミングウェイの『持つと持たぬと』など。そしてそれらの作品の中に、いかに「アフリカニスト・プレゼンス」が描き込まれているか、それがあって初めて物語が展開し、主人公が成長していくのかを説明していきます。

ポウの『ゴードン・ピム』では、密航して捕鯨船で外洋に出た白人の主人公ピムが、最終的に南極へ向かって行きます。そのあたりの海洋の描写、肌の色の黒い土着民との遭遇は、白人作家ポウが意識せずして「アフリカニスト」の存在を認め、その結果、いかにその存在が白人の精神を左右しているかを描写することになった、とモリスンは分析します。『ゴードン・ピム』の最終場面では、南極に近い八つの島々の一つが紹介され、ひとりの王が支配するその集落を守る兵士が、巨大な黒い動物の皮を身にまとっていると描かれています。ピムたちは土着の黒い肌の男ヌーヌーを捕らえるのですが、この男は、ピムがポケットから取り出した白いハンカチが自分の顔に触れるとびっくり仰天し、ひどい痙攣《けいれん》を起こします。

周囲の透明だった海水が白く半透明になり、海上には霧がかかり白いカーテンのように高い壁を作ってそびえ立ち、白い粉が降ってくるように波しぶきがピムたちの小舟（カヌー）を襲います。するとヌーヌーは恐怖に怯《おび》え、奇妙な動作をして歯をむき出しにします。そこに見えたのは、ピムたちが見たこともないような「黒い歯」でした。

その後、ピムたちの小舟は白い瀑布《ばくふ》へ向かって行きますが、するとそこに大きな滝つぼがあらわれ、吸い込まれそうになります。そのとき、死装束に包まれた、人間とも思われないほど巨大な姿が目前に立ちはだかります。その肌の色合いは、「雪のような完璧な白」であった、というのが、この物語の結びの言葉です。

ヒーローのピムは、無事にアメリカへ戻ります。黒人と遭遇して自分が白人であることを認識させられたあと、めでたく帰還したのです。白人の主人公は、黒人との接触があって初めて明確に白人としての認識を持ち、自己肯定をすることができたのです。ポウはかならずも最後の場面で、両者の相互の影響を、両者の関係性を描き出していたのでした。ポウがそれを意識していたかどうかはまた別の問題です。けれどもここでモリスンは、これまでのアメリカ文学の解釈において、まったく気づかれていなかったアングルから、この名作を分析したのです。このような視点から『ゴードン・ピム』を読んだ人びとがこれまでにいたでしょうか。

モリスンはほかのアメリカ文学作品、トウェインの『ハック・フィン』、フォークナーの『アブサロム、アブサロム！』、ヘミングウェイの短編「キリマンジャロの雪」(一九三六)、ソウル・ベロウの『雨王ヘンダースン』(一九五九)などを取り上げ、それらの作品の主人公は、「白く凍った荒地」から、「アフリカ」を体験して新しい白人へ生まれ変わる物語であると言います。かれらの「アフリカニズム」との遭遇は、「黒のイメージが、邪悪であると同時に保護的、反抗的であると同時に寛大、恐怖心をつのると同時に望ましいもの――というように、自分自身の自己矛盾的性質」（『暗闇』）を明らかにしたのであると。「白さそのものだけでは、無言であり、意味を持たず、底が知れず、要領を得ず、凍結し、不鮮明で、幕で覆われ、恐れられ、無意味で、無情である」（『暗闇』）とモリスンは言います。白さそのもの、白人社会そのものでは実質的存在にならないと述べているのです。「あるいは、作家たちがそのように語っているように思える」（『暗闇』）とモリスンは結論づけています。

モリスンの論考に具体的な言及はありませんが、ここでわたしたちは、ハーマン・メルヴィルの『白鯨』（一八五一。*Moby-Dick:or The Whale*）第四二章における「鯨の白さについて」の文章を思い起こすことができます。

メルヴィルは、白は喜びの色であり、花嫁の純潔、老年の温情など美しい感情を象徴するとともに、聖なる無垢、諸国の王が、白象や白い動物、白ゆりを紋章に入れたり、白色を皇帝の色に定めたり、高貴と権威の象徴であると見なされてきている、と指摘します。

白色が卓越しているがゆえに、人類においても肌の浅黒い人びとの上に白い肌の人間が君臨するという見かたがあります。

けれどもそのいっぽうで、白い死装束、蒼白《そうはく》な死体、白い十字架など白色には恐怖をそそるイメージがあります。「白さとは目に見える色の欠如」（『白鯨』）でもあり、また雪景色は意味を充満させている無言の空白です。そしてメルヴィルは、「白鯨」こそこれらすべてを象徴していると述べるのです。

色として欠落しているのであるから、白色そのものでは存在しない。「白は多くの自然物において、それ自身の特質を他のもの、たとえば大理石・白磁・真珠に転化して、その美をより洗練させている」（『白鯨』）と。

今、ここでメルヴィルを引用したのは、一九世紀のアメリカ・ルネサンスを代表する作家が、このようにわざわざ一章を設けて、「白さ」の考察をすることに注目すべきだからです。メルヴィルの場合はかならずしもアメリカ社会における黒との対立においての白さを論じているのではありませんが、白い雪景色の下に潜む「黒さ」への作家のこだわりと恐怖を表明しています。メルヴィルもまたその恐怖を認識していたのです。

このようにモリスンは、アメリカ社会における人種イデオロギーが、白人の想像力にいかに影響を与えているかに強い関心を抱き、文学者として発言をつづけています。

文学はそのようなイデオロギーとは関係なく普遍的でなければならない、という批判があるかもしれません。けれどもモリスンは、そのような考えは間違いであると断言します。人種に惑わされないアメリカ文学などはありえない、人種イデオロギーを無視すれば、それは「文学のロボトミー化」(『暗闇』)であり、文学を矮小化《わいしょうか》することになると批判します。そして黒人奴隷の存在がアメリカの創造力を豊かにし、想像力が戯れる領域を広くしたと言うのです。それはきわめて特異なアメリカの特徴なのだと主張します。

独立宣言や憲法は、人間の自由をうたい、基本的人権を標榜《ひょうぼう》しています。けれども、「自由の概念は真空状態に生まれるのではない」(『暗闇』)のです。「奴隷制度ほど自由をきわだたせるものはない」(『暗闇』)のです。抽象的な自由や人権はありえないのです。

Ⅲ 『「他者」の起源』のキーワード

■ロマンス化

『暗闇で戯れて』の第二章では、ポウの『アーサー・ゴードン・ピムの航海』を論じていましたが、その章題は、「影の〈ロマンス化〉」となっています。そして本書『「他者」の起源』の第一章は「奴隷制度のロマンス化」です。わたしたちは、「ロマンス化」をどのように理解すればよいのでしょうか。

イギリス文学では、ロマンス、ロマン主義がもてはやされていた時代があります。ロマン主義とは古典主義へのアンチテーゼとして、形式よりも個人の自由な感性や発想を奨励しました。現実を離れて、遠い異郷へ思いを馳《は》せ、異なる文化への憧憬と恐怖をつのらせます。

建国期のアメリカではロマンスが大事にされていたと、モリスンは説明します。ロマンスが暗示するのは、歴史の回避であり、旧世界の歴史を捨ててアメリカにやって来た「若いアメリカ人」（アメリカ合衆国の草創期の人びとを「ヤング・アメリカ」と総称することがあります）にとって、ロマンスは魅力的だったのかもしれません。けれどもロマンスとは、ヨーロッパ文化の影を取り込んだ不安の探究によって、特定の人間的な恐怖を囲い込み、入れ込むことを可能にします。ロマンスは歴史の回避ではなく、じっさいはきわめて現実的で緊急を要する歴史的な力や、そこに潜む矛盾と、真っ向から遭遇し、立ち向かうのだとモリスンはとらえます。だからこそ「ヤング・アメリカ」の作家たちは、ロマンスの形式をとって創造活動をしたのだと述べています。

アメリカ人の恐怖とはさまざまな形で現出します。

追放者になること、失敗すること、力のないこと、境界のないこと、馴化《じゅんか》されていない大自然が攻撃を仕掛けようとしていること、いわゆる文明の欠落に対して、孤独や内外の攻撃などへの恐怖をモリスンは並べ立てます。それをひとことで言えば、人間が自由であることの恐怖です。ロマンスは主題としての自然、象徴体系、自己評価を可能にし、何にもまして想像力の中で恐怖を克服し、強い不安定感を鎮めてくれると、モリスンは主張します。

それでは根源的な恐怖とは何か。それは「暗闇（ダークネス）」だとモリスンは言います。

暗闇との絡み合い、それが「ヤング・アメリカ」の作家たちが主題として探究しつづけた、アメリカ的テーマだったのです。

モリスンは『暗闇で戯れて』のなかで、以上のようにロマンスを説明していますが、それでもまだわたしたち日本の読者にとっては明瞭ではなく、わかりにくいところがあります。

日本では「ロマンス」というとすぐにラヴ・ロマンス、すなわち恋愛小説を思い浮かべるからなのでしょう。あるいは空想冒険小説や伝奇小説、波瀾万丈《はらんばんじょう》の物語のように、現実ばなれした小説や荒唐無稽な小説を思い浮かべるからでしょうか。

モリスンのロマンスをさらに理解するために、わたしたちはアメリカ文学史の流れを押さえておかねばなりません。

アメリカ植民地時代のアメリカ文学は、英国の模倣であると言われつづけました。絶対的模範として、あるいは権威としてイギリス文学が君臨していました。アメリカの文人たちは自信がなく、イギリス文学を模倣することが高尚な文学の創作姿勢であると考えていたふしがあります。

けれどもアメリカ合衆国として独立し、しばらく経《た》つと、アメリカ文学を樹立したいという欲求が高まります。そこでジェイムズ・フェニモア・クーパー（一七八九－一八五一）は、アメリカ的素材を十分に駆使して、『モヒカン族の最後』（一八二六）を含む『革脚絆《かわきゃはん》物語』（一八二三－四一）という全五巻の壮大なアメリカの物語を紡ぎます。

時系列で語れば、主人公は上品で信心深い共同体に息苦しさを感じ、共同体を離れて大自然へ向かって行き、先住民インディアンと暮らし、東部から西部へと向かいながら大草原の地で一生を終えるという物語です。

イギリス文学には見られない大自然の描写、ジョン・ドライデン（一六三一－一七〇〇）が『グラナダの征服』（一六六九あるいは一六七〇／七一）で「高貴な野蛮人（ノーブル・サヴェッジ）」として理想化した先住民インディアンの登場、規範に縛られない自由人など、すべてがアメリカの基本的理念を表現する文学として評価された新しい試みでした。

このころすでにイギリス文学は「ロマンス」ではなく、ジェイン・オースティン（一七七五－一八一七）が確立していった、いわゆる「ノヴェル（小説）」が主流を占めるようになっています。オースティンの文学は、夏目漱石が『文学論』（一九〇七）で「写実の泰斗」と評したように、イギリス文学の主流ではオースティンの存在感のもと、写実的な技巧が好まれるようになっていきます。

『ノーサンガー僧院』（一八一七）の中でオースティンは、廃墟《はいきょ》や歴史的遺物を訪ねなくても小説は書けると、一八世紀後半に人気のあったゴシック・ロマンスを皮肉っています。あるいはロマン主義の好む遠い異国を舞台にしたり、異なる文化、異なる宗教を扱ったりしなくとも、身近なイギリスの村を舞台に、数家族の人間模様を描くだけで小説は成り立つと主張します。『ノーサンガー僧院』は、ゴシック・ロマンスをパロディ化しています。

その後、一九世紀の後半ではチャールズ・ディケンズ（一八一二―七〇）の文学が圧倒的に人気を博していくところからも、イギリス文学の一般的な傾向を読み取ることができるでしょう。

いっぽうアメリカでは、ナショナリズムの時代を迎え、一九世紀半ばにはいわゆるアメリカ・ルネサンスと呼ばれるアメリカ文学黄金時代が現出します。その代表的なひとりナサニエル・ホーソーンは、『緋文字《ひもんじ》』（一八五〇）でよく知られていますが、次作の『七破風の屋敷』（一八五一）の序文でロマンス論を展開しています。アメリカ文学において「ロマンス」には特別の意味があるのです。

ホーソーンは、「ノヴェル」か「ロマンス」か、という文学のスタイルの二者択一において、自分はこれから「ロマンス」を書くのだと宣言します。

ホーソーンにとって「ノヴェル」とは、人間の日常的な体験を細部にいたるまで誠実に描写することですが、「ロマンス」は、その真実を描き出すにあたって作家の想像力・創造力にかなりの自由が与えられているというのです。もちろん人間の心の真実から逸《そ》れることがあれば、それは許されざる罪になりますが、日常生活の事実よりも「不可思議なもの」を取り混ぜる特権がロマンス作家には与えられていると述べます。

当時の文学受容の背景には、作品が「嘘《うそ》」＝虚構ではないこと、人間の真実を伝えていること、教訓があることが求められていました。ホーソーンは、自分もまた教訓を入れた「道徳的な」作品を書いたのだと宣言し、「真実」を書いているのだと強調します。「ロマンス」というと荒唐無稽と結びつけられる傾向があったからです。

このようにアメリカ文学では、アメリカ的題材であった未知の荒野、先住民インディアンという未知の民族、新しい国家アメリカという建設途中の不安定な政治体制など、いわゆる日常的な「事実」じたいが不安定で、つかみどころのない状況において、イギリス文学のような「ノヴェル」では、アメリカの「真実」をうまく伝えることができないと考えるのです。「ロマンス」というスタイルが、アメリカを表現するには最適の方法であると。これはハーマン・メルヴィルの作品群を見ても当てはまる、アメリカの作家たちの好む傾向と言えるでしょう。

〈ロマンス化〉とは、想像力によって描き出すこと、文学で表現すること、とさしあたり考えることができます。この場合、文学とは広く記述されたものを指し、日記もその中に含まれます。直接的な事実として写実的にあらわすことが困難なもの、理念やイデオロギー、アメリカの影の部分や、根源的な制度を文学作品や日記はどのように扱っているのかをモリスンは探ります。『暗闇で戯れて』では、第二章が「影の〈ロマンス化〉」でした。

モリスンは、本書で英国人大農園所有者が、奴隷女と関係を持ったことを記す日記の断片を引用します。感情を含まない記述に、他人の目を意識しているためなのか、隠蔽の心理が働いているからなのか、かならずしも正確ではないラテン語が使われています。そこにモリスンは白人農園主の「所有の権利」のありかた、〈ロマンス化〉された、「主人の権利」の擁護を読み取ります。

ストウ夫人の『アンクル・トムの小屋』では、若い白人の主人と奴隷トムの関係を〈ロマンス化〉した部分を引用します。

奴隷制度は、黒人の側には、暴力的に強いられた屈辱と従属の恐怖がありましたが、主人の白人の側もまた、奴隷たちの反抗という恐怖を抱いていました。ジェファソンの『ヴァージニア覚え書き』に見られるように、建国の父祖は黒人を蔑視していましたが、奴隷制度の非人間的な本質を感じていました。そのために頭痛の種であるとともに、かれらに対して恐れを抱いていたのです。その相互の恐怖を文学という想像の世界で〈ロマンス化〉します。

ところがストウ夫人は〈ロマンス化〉によって、奴隷制度に備わる根源的な恐怖の性向を馴化してしまっている、とモリスンは批判します。『アンクル・トムの小屋』では、白人と黒人奴隷の関係が美化されすぎている箇所があります。そのような美化作用も〈ロマンス化〉という用語に含めて考えることができます。

■人種（レイス）

人種（レイス）とは、本来、種の分類化・カテゴリー化に使用される用語であり、「わたしたちは人間という種なのだ。それだけのこと」（『「他者」の起源』）、とモリスンは強調します。「人間（ヒューマン・レイス）」なのだと。

ところが今日、「レイス」には特殊な意味が付加されています。

たとえば「レイスの問題（レイシャル・プロブレム）」と言われて想定するのは何でしょうか。

それはさまざまな民族的背景の人びとの問題を指すのではなく、アメリカ社会では、たちまち「黒人問題」が念頭に上ります。「レイス」＝黒人と見なされるのです。「ニグロ・レイス」とはよく言いますが、「ホワイト・レイス」とはほとんど言いません。

映画「風と共に去りぬ」（製作一九三九）のマミー役で、一九四〇年、黒人で初めてアカデミー賞を授与されたハッティ・マクダニエルの受賞スピーチを思い起こします。マクダニエルは受賞は自分ひとりのものではなく「マイ・レイス」にとっても誇りであると涙ながらに語りました。「アメリカの黒人」たちは、「マイ・レイス」と表現して、自分たちぜんたいを指すことがあります。「マイ・ピープル」と言うこともあります。地理空間をかならずしも指していない「黒人社会」という表現もあります。

　ところがその反対はあるのでしょうか。

　白人の場合は、自分たちを指して「マイ・レイス」「マイ・ピープル」と言うことはありません。「コーケイジャン（白人）・レイス」という形容はするでしょうが、自分たちはアメリカ人（＝白人）であるという前提のもと、わざわざ「コーケイジャン・レイス」と言う必要がないのです。かれらは、単に「レイス」と言えば、黒人を指すものと潜在的に思い込んでいます。

「コーケイジャン・レイス」という言いかたは、一九五〇年代にアメリカ社会でしばしば使用されましたが、今日では不正確な定義であるということで、その使用の頻度は減じています。

　ジョリー・A・シェファーは、『人種（レイス）のロマンス――合衆国における近親相《そう》姦《かん》・異人種間混交・多文化主義　一八八〇―一九三〇』の中で、アメリカ人のアイデンティティを問い直しました。

アメリカは「人種の歴史（レイシャル・ヒストリー）」を紡いできた国であると言われているが、それは白人の男と「レイス化（レイシャライズド）」した女が、「混交した国家」を生み出してきたという意味であるとシェファーは主張します。ここでも「レイス化」した女というカテゴリーから、白人の女は除外されています。

「レイス」に対する感覚がいびつな様相を呈して、アメリカ社会では発展していきます。

ここに面白い最高裁の判例があります。一九二二年、〈オザワ対合衆国〉の判決は帰化法に関する内容で、日系人一世のタカオ・オザワが提訴し、最高裁で帰化申請を却下されたときのものです。

オザワは日本生まれでしたが、合衆国に住んで二〇年になっていました。当時の帰化法（一九〇六年改正）では、「自由白人」か「アフリカ系の人びとの子孫」にのみ帰化が認められていました。それでオザワは、自分を「自由白人」として認めるように申請したのです。ところが「レイスとして（レイシャリー）」資格がないと裁断が下されたのでした。

今日のわたしたちは、日系人を「白人」のカテゴリーへ入れるのは無理だと見なしますが、それよりもここで注目したいのは、帰化法に白人と黒人のカテゴリーしかなかったことです。アメリカ合衆国において人種の対立とは、ほとんど白人と黒人の対立と了解されていたことの証でしょう。

モリスンは、人間は「人種的屈折のある存在」（『「他者」の起源』）になってしまっていると言います。そして「レイシスト（人種差別主義者）」でさえ、生まれたときには「レイス」を意識せず、非‐レイスの（ノン・レイシャル）子宮にいたはずであるのに、アメリカ社会に暮らすことによって、「人種主義を育む子宮」（『「他者」の起源』）へ移動して行ってしまうのはなぜなのかと自問し、「人種差別主義者の教育」（『「他者」の起源』）をテーマにした小説に、今、取り掛かっていると記しています。

かつて唯一の短編「レシタティフ」でモリスンは、「レイシャル・コード（レイス記号）」を意図的に混乱させました。ふたりの女主人公のうちひとりが白人で、ひとりが黒人という設定ですが、読者にはどちらがどちらかわからない。読者の間で謎解きがはやりましたが、モリスンの意図は謎解きにはありませんでした。それよりもモリスンの中にあったのは、アメリカ社会に繁茂する「レイス記号」への反抗でした。それを前提として人間を判断・評価するアメリカ社会へのレジスタンスだったと言えるでしょう。

本書でわたしは、「レイシスト」を人種差別主義者と訳しましたが、「レイシズム」は人種主義と訳しています。人種差別主義は、白人の黒人に対する人種差別という、平面的な問題に還元されがちだからです。モリスンは、人種主義によって根源的な「レイス」のとらえかたを示しているように思います。わたしたちは人間という「レイス」なのに、なぜそれが「黒人」のことに特化されてしまうのか、という単純な疑問であると同時に、アメリカ社会に固有の特殊な使われかたにこだわります。人種（レイス）がイデオロギーとして利用される、それを人種主義ととらえます。それはアメリカ社会に特異な傾向なのです。序文でターネハシ・コーツがネル・ペインターの言葉を引用しているように、アメリカ社会では、「人種とは考えかたであり事実ではない」のです。

■カラー主義（カラー・イズム）

カラー主義（カラー・イズム）という用語をモリスンは使いますが、一語にするのではなく、カラーとイズムをハイフンで区切って使っています。「カラー（肌の色）」が社会的にイデオロギーとして作用する、アメリカ社会の特殊な現象を指します。

アメリカ社会でなぜこのように「カラー（肌の色）」が問題になるのかを、モリスンは皮肉っています。「一滴の血」理論が根強く残っているアメリカ社会では、じっさいは、肌の色の白い黒人という、矛盾するような「アメリカの黒人」もたくさん存在しています。

本書の始まりの文章で、曽祖母に「異物が混入（タンパー）」していると言われて、幼女のモリスンは最初その新しい単語「タンパー」に「エキゾチック（異国的）」な美しい響きを感じています。けれどもそれが、悪いほうへ変えられてしまった、改竄《かいざん》されてしまったという、否定的な意味合いを含むことを、小さなモリスンはもちろんわかっていませんでした。けれども母親の抗議の姿勢からその否定的な意味を読み取るのです。

これもモリスンの一つの皮肉を込めたエピソードです。

白人しか「アメリカ人」ではないアメリカ社会で、「アメリカの黒人」たちは、抵抗するように、それとは逆の価値観で自分たちの存在理由を主張している場面です。色の黒いアフリカン・アメリカンの曽祖母の目には、白人の血が混じり、肌の色が薄いことのほうが否定的に映っています。

モリスンは『パラダイス』で、黒い肌がより黒いほど、その存在が高く評価される黒人町を描き出しています。

「カラー（肌の色）」は緊張感を生み出します。なぜならアメリカ社会では、肌の色が薄いほど、白人に近いほど「アメリカの黒人」は、白人社会に受け入れられやすく、就職が有利なことをはじめ、日常生活の具体的な場面で暮らしやすいからです。

マルコムX（一九二五－六五）の母親は、白人の父親と黒人の母親の間に生まれていますが、「パッシング」ができるほど肌の色が薄かったようです。マルコムXは、わたしたち日本人からすれば、肌の色は十分に黒く、「アメリカの黒人」に映りますが、ほかの兄弟よりは肌の色が薄く、髪の毛も赤かったようです。それで少年のころ母親から、外に出て肌を日に焼いておいで、としばしば強制的に命じられたと『マルコムX自伝』（一九六五）で回想しています。アメリカ社会においては、モリスンの曽祖母の反応のように、「カラー（肌の色）」への意識は根深く複雑です。

「人種問題」は、アメリカ社会において黒人の問題としてとらえられてきましたが、それほど単純ではありません。アメリカ市民には、さまざまな民族的背景を持つ人びとがいるのですから、当然ながらそれぞれの関係は複雑になっています。これまでの「人種問題」の理解のしかたでは、もはやアメリカ社会の問題を十分に抉《えぐ》り出すことはできないでしょう。

一九世紀の逃亡奴隷で奴隷制度廃止論者になり、活動家になったフレデリック・ダグラス（一八一八―九五）は、「ニグロ問題」とは間違った表記で、じっさいはそれは「白人問題」なのだと強調しています。支配者であった白人側にとっては「問題」だったのですが、黒人側がみずから問題を生み出しているのではない。けれどもそのことを白人側は認識していないのです。またジェイムズ・ボールドウィン（一九二四―八七）は、『次は火だ』（一九六三。*The Fire Next Time*）で、「肌の色は人間や個人の実体ではなく、政治上の実体」と言っています。

アメリカ合衆国は、もともとは先住民インディアンが住んでいた大陸でした。それを「無人の大陸」のように見なし、植民者が開拓していきました。その始まりから矛盾に満ちた国だったのです。二一世紀の今日、もはやアメリカ社会をアングロ・サクソンの国と規定するのは無理なのです。それにもかかわらず「過去の栄光」にしがみつきたい人びとは多くいます。
未来においてアメリカ合衆国は、もっとグローバルに開かれた国家になっていくのでしょうか。

引用文献――
Baldwin, James. *Baldwin: Collected Essays*. Library of America, 1998.
Melville, Herman. *Moby-Dick: or The Whale*. Northwestern UP, 1988.
Morrison, Toni. *playing in the dark*. Harvard UP, 1992.

この翻訳にあたり、集英社クリエイティブ編集部の村岡郁子さん、高儀信秀さんに大変お世話になりました。心より感謝いたします。ありがとうございました。

トニ・モリスン著作邦訳リスト

『青い眼がほしい』（*THE BLUEST EYE*）ハヤカワepi文庫、二〇〇一年
『スーラ』（*SULA*）ハヤカワepi文庫、二〇〇九年
『ソロモンの歌』（*SONG OF SOLOMON*）ハヤカワepi文庫、二〇〇九年
『タール・ベイビー』（*TAR BABY*）早川書房、一九九五年
『ビラヴド』（*BELOVED*）ハヤカワepi文庫、二〇〇九年
『ジャズ』（*JAZZ*）ハヤカワepi文庫、二〇一〇年
『白さと想像力――アメリカ文学の黒人像』（*PLAYING IN THE DARK*）朝日選書、一九九四年
『パラダイス』（*PARADISE*）ハヤカワepi文庫、二〇一〇年
『ラヴ』（*LOVE*）早川書房、二〇〇五年
『マーシイ』（*A MERCY*）早川書房、二〇一〇年
『ホーム』（*HOME*）早川書房、二〇一四年
『神よ、あの子を守りたまえ』（*GOD HELP THE CHILD*）早川書房、二〇一六年

編集協力／集英社クリエイティブ

トニ・モリスン

一九三一年、米国オハイオ州生まれ。コーネル大学大学院で英文学修士号取得。七〇年、『青い眼がほしい』でデビュー。以後、『ソロモンの歌』で全米批評家協会賞、アメリカ芸術院賞、『ビラヴド』でピューリッツァー賞受賞。八九年～二〇〇六年、プリンストン大学教授。九三年、アフリカ系アメリカ人として初のノーベル文学賞受賞。

森本あんり（もりもと あんり）

一九五六年、神奈川県生まれ。国際基督教大学（ＩＣＵ）教授・学務副学長。著書に『反知性主義』『異端の時代』など多数。

荒このみ（あら このみ）

一九四六年、埼玉県生まれ。米文学者。東京外国語大学名誉教授。

集英社新書〇九八五Ｂ

「他《た》者《しゃ》」の起《き》源《げん》 ノーベル賞作家《しょうさっか》のハーバード連続講演録《れんぞくこうえんろく》

二〇一九年七月二二日 第一刷発行

著者……トニ・モリスン　解説者……森本《もりもと》あんり　訳者……荒《あら》このみ

発行者……茨木政彦

発行所……株式会社集英社

東京都千代田区一ツ橋二-五-一〇　郵便番号一〇一-八〇五〇

電話　〇三-三二三〇-六三九一（編集部）

〇三-三二三〇-六〇八〇（読者係）

〇三-三二三〇-六三九三（販売部）書店専用

装幀……原 研哉

印刷所……大日本印刷株式会社　凸版印刷株式会社

製本所……ナショナル製本協同組合

定価はカバーに表示してあります。

 ISBN 978-4-08-721085-9 C0298 Printed in Japan

a pilot of wisdom